LES ÉPÉES MAUDITES

Landry Miñana

FSC
www.fsc.org
MIXTE
Papier issu
de sources
responsables
Paper from
responsible sources
FSC® C105338

Chapitre 1

Les premières lueurs du jour s'étaient enfuies laissant derrière elles un froid humide et sournois. L'air de rien, celui-ci prenait un malin plaisir à lécher les pierres jaunâtres de l'enceinte qui se dotaient alors de scintillements blancs. Puis, lentement, il glissait le long du chemin de ronde en quête de nouvelles proies. Immanquablement il finissait par s'enrouler autour des jambes des sentinelles qui se réchauffaient devant les braseros. Mais à chaque nouvelle bûche que l'on donnait au feu, les petits crépitements éphémères qui fusaient dans tous les sens l'effrayaient et il disparaissait alors quelque temps pour mieux revenir mordre les chairs.

Curieusement, aucune parole ne sortait de la bouche des soldats et seul le cliquetis des pièces d'armures venaient déranger le silence si peu ordinaire de ce dimanche de Chandeleur 1141. Il flottait dans l'air un malaise indescriptible et nauséabond que tout le monde percevait sans oser en parler, de peur d'être foudroyé sur place. Pourtant, tout allait pour le mieux! La procession avait bien eu lieu et le temps promettait d'être radieux. Le roi Étienne était là, ainsi que les comtes de Norfolk, Northampton,

Worcester, York, Surrey et Richmond. Même *Guillaume d'Ypre* et *Alain de Bretagne* avaient répondu à l'appel avec leurs troupes de mercenaires flamands et bretons. Quant à la ville, elle était de leur côté, trop heureuse que le roi l'ait débarrassée des terribles frères *Ranulf de Gernon* et *Guillaume de Roumare* jusqu'alors seuls maîtres du comté de Lincoln.

L'armée adverse, dirigée par *Robert*, comte de Gloucester, s'était massée dès l'aube au pied de la colline à tout au plus mille pieds de la cité. La rivière Witham séparait les protagonistes et par prudence, Robert avait jugé bon de ne pas la franchir. Il lui fallait d'abord composer avec les Gallois de Ranulf qui l'avaient rejoint, en épousant, au passage, la cause de *Mathilde l'Emperesse*. Les Gallois étaient en grand nombre et représentaient assurément la plus grande partie de la piétaille. Du haut des remparts de la ville, on pouvait d'ailleurs les voir grouiller, s'agiter, s'affairer à préparer le siège.

Depuis le parapet jouxtant la grande tour Sud, le roi Étienne, impassible, observait son adversaire en silence. Il était accompagné de quelques comtes et de son énigmatique conseiller dont personne ne connaissait le nom. Au bout d'un long moment, un des comtes se décida à s'adresser au roi.

— Majesté, il aurait été plus judicieux de quitter la ville, nous aurions pu alors affronter Robert et les troupes de Mathilde sur un terrain plus favorable.

— Plus favorable ? Allons bon, mon ami ! Les remparts sont solides, les réserves nous garantissent un siège durable, alors qu'il y a-t-il de défavorable dans tout ceci ?

— Eh bien...

— Regardez donc, ils n'ont même pas emmené de machines de guerre !

— Ils sont pourtant en fort grand nombre, Majesté, et ces maudits Gallois font leur avantage et représentent assurément une menace.

— Diantre, au diable cette infanterie de miséreux, ma cavalerie n'en fera qu'une bouchée !

— Certes, mais les signes ne sont pas en notre faveur, reprit *Guillaume le Gros*.

— Comment ça ? Quels signes ?

— Eh bien, tout à l'heure lors de la procession...

— Vous parlez encore de cette bougie ! Décidément !

— Pourtant le prêtre a dit...

— Ce maudit prêtre ne connaît rien aux signes ! Et ce n'est pas parce que le vent a fait choir cette bougie qui tout naturellement s'est brisée en tombant, qu'il faut y voir une manifestation divine !

— Oui Majesté ! Mais pourtant la flamme s'est éteinte !

— Guillaume vous m'importunez ! Dois-je voir derrière tout cela quelques couardises ?

— Que nenni Majesté ! lança *Guillaume le Gros*, blessé dans son orgueil.

— C'est ce que je pensais ! Alors oublions cet incident et concentrons-nous sur notre victoire.

Le roi d'Angleterre serra alors l'épée qu'il portait sur le flanc, héritage de son père, comme pour avoir son approbation depuis l'au-delà. Les autres comtes ne semblaient pas vouloir contester le roi et seul *Alain de Bretagne* afficha une moue de contestation, qu'il fit immédiatement disparaître de peur qu'on ne le remarquât.

— Et vous, mon fidèle ami, qu'en pensez-vous ? dit alors le roi en s'adressant à son conseiller resté à l'écart.

Celui-ci s'avança lentement vers le bord du rempart et scruta longuement la masse sombre qui fourmillait au loin. C'était un homme assez grand pour l'époque. Son visage était doux et paisible et inspirait la loyauté. Il portait une barbe blonde et soignée qui amplifiait la douceur de ces traits au point qu'il aurait séduit n'importe quelle donzelle qui l'aurait approché. En revanche, son regard était étrange. Non pas qu'il fût inquiétant ou cruel mais ses yeux étaient d'une couleur rare qu'on eût dit qu'ils étaient faits d'ambre ce qui le rendait difficile à soutenir. Quant à son apparence vestimentaire, on ne pouvait pas dire qu'il semblait s'en préoccuper. Il était toujours vêtu d'une robe de bure marron, de sorte qu'on l'eut facilement pris pour un moine ou plutôt pour un pèlerin à cause du grand bâton qu'il ne lâchait jamais. Celui-ci était d'ailleurs bien curieux. Il devait faire au moins six pieds de haut et était surmonté d'une pierre cristalline jaune incrustée dans une pointe métallique et qui parfois lançait de petits jets de lumière. L'homme ne parlait guère et personne ne savait d'où il venait, ce qu'il avait fait, ni ne connaissait son nom. Le roi lui-même devait l'ignorer car il ne le prononçait jamais. Pourtant, il lui accordait toutes ses faveurs. Aussi, personne ne se risquait à l'approcher ni à lui adresser la parole sans qu'il eût été, avant, invité à le faire… et encore ! Enfin, le conseiller se décida à répondre au roi.

— Majesté, il ne m'appartient pas d'interpréter les signes, commença habilement l'homme.

— Voyons, tu as bien ton opinion ! répondit le roi plus fermement.

— Eh bien si vous insistez Majesté, je suis d'avis que si Dieu avait voulu se manifester, il aurait choisi comme signe autre chose qu'une simple bougie emportée par le vent. Ceci dit, je pense qu'il va nous falloir affronter Robert à l'extérieur de ces murs.

— Mais pourquoi cela ?

— Comme vous l'avez dit très justement, Majesté, ils n'ont pas emporté de machines pour le siège. Il m'apparaîtrait plus sage de ne pas leur laisser le temps d'en fabriquer. Autant les attaquer tout de suite sur l'autre rive de la rivière avant qu'ils ne traversent ou ne s'organisent davantage…

Le roi ne le laissa pas terminer sa phrase tant il était enthousiaste à l'idée d'une victoire facile.

— Cela me plaît ! Nous aurons ainsi l'avantage de la surprise !

Guillaume le Gros et les autres comtes acquiescèrent de concert. Cette fois, *Alain de Bretagne* n'afficha aucune expression sur son visage et imita les autres. Soudain, des cris se firent entendre sur le chemin de ronde. Quelques archers ennemis, plus téméraires, s'étaient aventurés de l'autre côté de la rivière pour décocher quelques flèches. Les gardes affolés avaient riposté pensant à une attaque en règle.

— Hum... S'ils commencent à tester la portée de leurs flèches cela signifie que très bientôt il en sera fini de notre bel effet de surprise ! Guillaume ! Envoyez donc vos mercenaires flamands leur caresser le bas du dos !

— Avec plaisir, Sire ! répondit prestement *Guillaume d'Ypres* qui prit immédiatement l'escalier des remparts pour rejoindre ses hommes.

Les cavaliers flamants de Guillaume jaillirent alors de la porte Ouest et déboulèrent le long de la colline dans un brouhaha assourdissant. Cependant, si promptement qu'il avait agi, Guillaume se heurta à des troupes bien plus nombreuses qu'il ne le pensât. La ridicule escarmouche de tout à l'heure avait servi de diversion à un détachement plus dense qui s'était faufilé discrètement par l'Est et l'affrontait par le flanc. Le choc fut rude et rapidement la troupe royale se trouva mise en difficulté, débordée de toutes parts par la déferlante de fantassins Gallois.

Étienne comprit immédiatement que s'il voulait conserver sa cavalerie, il lui fallait prêter main forte à Guillaume. L'inertie des autres comtes le mit hors de lui.

— Mais allez-y donc tous, que diable ! s'écria le roi. L'ennemi ne doit en aucun cas franchir la rivière !

Les comtes se précipitèrent alors dans la cour, en hurlant leurs ordres comme des déments. Les troupes de la ville, quant à elles, s'étaient déjà massées aux créneaux, les archers près à tirer. De leur côté, tout semblait très bien organisé et coordonné. Il faut dire que la ville en avait, hélas, l'habitude. Le dernier siège remontait tout juste à deux mois, mais cette fois, ce fut Étienne qui en avait été l'assaillant. En moins de dix minutes le gros de l'armée royale sortit de la ville et se retrouva au contact. Le roi s'énerva à nouveau.

— Mais, parbleu ! Félons ! Traîtres ! Ces maudits bretons, ils fuient le combat !

— Il ne pouvait en être autrement, Majesté ! répondit le conseiller, impassible.

Alain de Bretagne avait profité des difficultés de la cavalerie royale pour filer avec ses troupes, entraînant avec lui celles de *Guillaume le Gros* qui n'avait certainement pas plus envie que lui de se frotter aux armées de Mathilde, pour qui, il avait d'ailleurs plus de sympathie et... d'intérêts.

— Qu'on me donne ma hache et mon cheval, hurla-t-il ! Il ne sera pas dit que, comme mon père, j'ai reculé face à l'adversité !

— Majesté ! Je comprends votre rage mais est-ce bien prudent ?

— Je t'en prie ! Toi, plus que nul autre, peux me comprendre !

— Certes...

— Alors, accompagne-moi, mon ami, et nous mourrons ensemble dans l'honneur et pour l'Angleterre !

— Je vous suis, Majesté, mais pour mieux en revenir, je n'en ai pas fini sur cette terre !

— Soit ! Si Dieu veut !

Ils dévalèrent ensemble dans la cour pour rejoindre leurs montures. Le roi grimpa sur son cheval et empoigna vigoureusement la hache et le bouclier que l'écuyer lui tendit, tandis que le conseiller tentait d'enfourcher la monture qui lui était destinée.

— Et bien mon ami, faut-il que vous fussiez fort maladroit sur cet animal ? se moqua le roi.

— À vrai dire, Majesté, je n'ai guère l'habitude de chevaucher de tels animaux !

— Oui il est vrai que tes talents ne sont pas ceux-ci, mais comptes-tu y aller sans arme ?

— Majesté, ceci me suffira ! fit le conseiller en brandissant son bâton.

— Bien ! Si tel est ton choix ! Allez !

Le seigneur adressa un violent coup de talon à son destrier qui bondit dans un hennissement de douleur. Le conseiller l'imita et très vite les deux cavaliers suivis par la garde rapprochée du roi se retrouvèrent au milieu de la mêlée. La bataille faisait rage et les soldats de la garde royale se battaient comme des lions. Le roi assénait des coups de hache de part et d'autre, fracassant ici les crânes, fendant là les côtes de mailles de ses assaillants. De son côté, le conseiller n'en était pas en reste. Avec son bâton qu'il faisait tournoyer par moment, il avait déjà occis bon nombre de ses agresseurs. Et bien que son « arme » ne fût pas la mieux adaptée au combat à cheval, celui-ci s'en sortait plutôt bien. Nul doute que l'homme avait l'habitude de la guerre.

Cependant, malgré tous leurs efforts, ils furent rapidement submergés par les Gallois diablement efficaces et redoutables malgré leur équipement rudimentaire. La hache du roi finit par se briser sur un bouclier et, déstabilisé, il se retrouva au sol. Aussitôt, son fidèle conseiller sauta à terre pour lui prêter main forte. Entourés par l'ennemi, les deux hommes n'avaient plus d'autre choix que de se rendre ou périr. Or pour Étienne, il n'était pas concevable de se rendre. D'ordinaire les rois préféraient négocier leur liberté, ce qui était pour l'époque, monnaie courante. Cependant pour Étienne, se rendre signifiait perdre l'honneur que son père avait eu tant de mal à regagner et pour lequel il avait perdu la vie. Aussi, plutôt mourir à Lincoln que vivre dans la honte ! Seuls face à une issue certaine, les deux hommes se mirent alors dos à dos, prêts à en découdre. Le déséquilibre des forces et cette volonté de mourir l'arme à la main avaient provoqué chez les Gallois de la stupéfaction sinon de l'admiration leur procurant un répit de quelques minutes.

— Mon ami ! dit le roi. Je regrette de ne point t'avoir rencontré plus tôt, je t'aurais mieux connu. Mais si Dieu veut, nous nous retrouverons bientôt au paradis !

— Qu'il s'agisse du paradis ou d'autre chose Majesté, soyez certain que j'aurais plaisir à vous y rejoindre.

— Pourtant, je n'ai qu'un seul regret à ton sujet…

— Vraiment Majesté ? Vous ai-je déçu ?

— Non mon ami, mais à cet instant me diras-tu enfin ton nom ?

— Majesté, je vous l'ai dit cent fois, vous connaîtrez mon nom qu'aux derniers instants, je vous en ai fait le serment ! Pour l'heure, nous ne sommes pas encore prêts à rencontrer l'Éternel !

Les yeux du conseiller étaient devenus fascinant. On eut dit qu'une mer jaune se déchaînait à l'intérieur comme si une tempête venait d'y éclater. On eut même l'impression, à y regarder de plus près, que les éclairs habitaient l'endroit. Subitement, il fit valser son bâton dans la mâchoire du Gallois le plus proche qui éclata sous le choc en faisant voler le peu de dents qui lui restait. Puis ce fut deux, trois, quatre puis cinq hommes qu'il étala dans une mare de sang. Le roi eut à peine le temps de lever son épée, que le conseiller volait déjà au-dessus des têtes, brisant crânes et nuques à tout va. Nul homme n'avait vu pareil guerrier ! Ses gestes étaient d'une précision chirurgicale, chacun de ses coups faisaient tomber deux ou trois hommes avec une violence inouïe. Quelle force et quelle rapidité ! Aucun homme ou animal ne possédait une telle vitesse. Il semblait invincible ! Nul doute qu'un tel homme aurait vaincu une armée à lui tout seul.

De son côté, le roi n'était pas en reste. Certes il n'avait pas cette agilité et cette puissance incroyable mais son épée lui conférait un avantage certain. La lame était d'un métal très particulier et chaque coup résonnait d'une telle manière qu'on eut dit que l'épée chantait. Mais cela n'était pas la seule qualité de cette lame royale. Sa Majesté tranchait allègrement toute côte de maille qui se trouvait devant lui. Toute autre épée serait restée coincée ou se serait rompue dans les entrailles mais pas elle. D'ailleurs aucun bouclier ne lui résistait non plus! Elle tranchait, coupait, cisaillait le métal, le bois et les chairs comme jamais. Néanmoins, que pouvaient faire deux hommes seuls face à cette déferlante galloise? Ils furent alors engloutis par une ultime marée humaine, aussitôt emparés, désarmés et sous peu massacrés. Mais un ordre claqua au-dessus du vacarme ambiant qui figea la cohue. C'était *Guillaume de Cahaignes* qui exhortait ses troupes à ne pas les massacrer. Le roi et son conseiller furent alors menés devant lui avec brutalité tandis que les troupes de Robert poursuivaient leur ascension vers la ville maintenant sans défense. On les fit mettre à genoux puis Guillaume demanda qu'on lui apportât l'épée du roi.

— Eh bien messeigneurs que voilà une fort belle épée! fit Guillaume en la manipulant avec admiration.

— Elle ne t'est pas destinée, c'est une épée de roi! répondit *Étienne d'Angleterre*.

— Où avez-vous bien pu dénicher une telle épée?

— Je la tiens de mon père, elle est l'honneur de notre famille et elle ne sera jamais tienne!

— Elle le sera et elle sera aussi celle de votre fin ! lançât-il en brandissant l'épée près à trancher la tête du roi.

Le conseiller se jeta sur Guillaume en hurlant.

— N'en faites rien, Messire !

Guillaume, étonné, se ravisa et rabaissa l'épée.

— Et pourquoi donc ? Je ne fais pas offense à son rang en lui tranchant la tête !

— Tuer un roi avec sa propre épée c'est s'attirer le feu des enfers, Monseigneur !

— Penses-tu pouvoir me faire peur avec de telles balivernes ?

— Je vous assure, faites-le et vous verrez bien quel malheur vous déchaînerez.

— Sottises !

Guillaume regarda le conseiller droit dans les yeux. Mais c'est à peine s'il pouvait soutenir son regard tant la mer d'ambre qui dansait devant lui le mettait mal à l'aise.

— Oui mais toi, tu n'es point roi ! lui susurra-t-il à l'oreille.

Il y eut alors un drôle de bruit et le visage du conseiller prit une expression douloureuse. Guillaume venait de lui transpercer le ventre de part en part avec l'épée d'Étienne.

Le conseiller redressa lentement la tête, son visage était sans expression, mais son seul regard aurait fait fuir Satan lui-même. Il plongea ses yeux dans ceux de Guillaume. L'ambre avait disparu et maintenant elle faisait place à une lumière intense.

— Certes je n'ai pas le sang d'un roi, mais ce que tu as fait est bien pire ! lui déclara-t-il en agrippant l'épée qui l'embrochait.

— Sorcellerie !

Guillaume, effrayé, fit un pas en arrière. Un halo de lumière enveloppait déjà le conseiller. Celui-ci tira sur le manche de l'épée et retira lentement la lame de son corps malgré la résistance du seigneur. Leurs regards étaient comme soudés l'un à l'autre.

La troupe était médusée et la peur du démon gagnait chacun des hommes. Certains prirent leurs jambes à leur cou en poussant des cris de terreurs. Les autres, complètement tétanisés, demeuraient figés telles des statues de marbre.

— Rappelle-toi de mon nom, Guillaume, car tu as réveillé la fureur de Myrddin et je te maudis, toi, les tiens et toute ta descendance !

À ces mots, le corps du conseiller s'embrasa. Les flammes devinrent si fortes que personne ne voyait plus ce qui brûlait vraiment. Puis d'un seul coup, plus rien ! De Myrddin, il ne resta qu'une épaisse fumée blanche qui prit très vite de l'ampleur et inonda toute la colline. Soudain une nuée de corbeaux surgie de nulle part lacéra le visage de Guillaume avant de disparaître dans le ciel. La fumée l'étouffait et malgré le sang qui lui envahissait le visage, Guillaume parvint à voir que l'épée qu'il tenait encore, était en feu. Craignant une nouvelle manifestation démoniaque, il la lança de toutes ses forces en direction de la rivière. L'arme ensorcelée atterrit au beau milieu de la Witham qui l'avala immédiatement. Sur la rive, la fumée ne voulait pas se dissiper et c'est à peine si on pouvait voir à quatre ou cinq pas. De mémoire d'homme on n'avait jamais vu pareil brouillard. Un silence glacial avait envahi les âmes, la mort elle-même semblait ne pas avoir survécu.

Chapitre 2

Un bruit sourd résonna ! On se battait ! Aucun doute possible, c'était le son de l'impact violent d'une épée sur un bouclier en bois. Le fracas était de plus en plus fort et bien que le brouillard empêchât de voir les combattants, au bruit des coups, on pouvait aisément deviner qu'il s'agissait d'une lutte sans merci. Puis soudain quelque chose sonna curieusement et des voix se firent entendre.

— Cette fois c'est trop ! J'en ai marre, Éric !

— Quoi ? C'est pas de ma faute aussi !

— Je t'ai dit cent fois d'y aller « mollo », et toi qu'est-ce que tu fais ? Hein ? Allez, dis-le-moi !

— Mais Anna, il faut bien que je m'exerce !

— Tu n'as vraiment rien compris, toi ! C'est un show ! Un SHOW, tu comprends ? Les gens doivent avoir l'impression que la scène est réelle, et toi, ton rôle c'est de ne pas massacrer les figurants et encore moins le matériel, euh, ou l'inverse, tu me rends folle !

— Enfin franchement, Anna, et si on nous attaquait à nouveau ?

— T'en es resté là, toi ?

— Tu as vu comme moi ! On a jeté le grand Maître dans le vortex mais il n'est pas mort !

— Qu'est-ce que tu en sais ? Et d'abord, comment pourrait-il revenir ? C'est moi qui détiens le bâton ! Et... Et, de toute façon ce n'est pas en me bousillant toutes mes épées qu'on va pouvoir avancer. C'est de la technique qu'il te faut, pas de la force, idiot !

— Oui mais les gens ont bien aimé la dernière fois... Ils ont vu le grand guerrier, le Dieu Thor et sa puissance ! C'était génial !

— Génial ? On a eu un pot énorme que personne ne soit blessé ! Moi, tout ce que j'ai vu, c'est un sombre crétin arrogant se prenant pour un Dieu. C'était totalement irresponsable de ta part !

— Et toi alors ? Avec ton idée de fumigène... On n'y voit rien ! On arrive à peine à respirer ! Tu ne crois pas que c'est idiot et irresponsable ça aussi ?

— Tu m'énerves, Éric ! C'est un essai pyrotechnique, pour le prochain spectacle, tu le sais très bien !

— Tu parles d'une idée ! Les gens vont suffoquer, râler et en définitive ne rien voir... En plus, il faudra faire intervenir les pompiers ! C'est vrai que ça mettra de l'ambiance, un vrai son et lumière ! Pin-pon ! Pin-pon !

— Décidément, qu'est-ce que tu peux être bête par moment ! Je me demande bien ce que j'ai pu te trouver !

Dépitée, Anna jeta son bouclier et sa hache aux pieds de son adversaire, au milieu des morceaux de métal de ce qui devait être, il y a encore quelques secondes, une splendide réplique d'épée viking. Elle retira son casque au masque d'or et on put alors voir dans ses yeux un léger crépitement de lumière bleue qui en disait suffisamment sur l'intensité de ses émotions et de sa déception.

— De toute façon, maintenant que tout est fichu, il faut trouver quelque chose et vite!

Elle lui tourna le dos et marcha rapidement vers la barrière qu'on pouvait à présent discerner, la brise marine ayant lentement dissipé le brouillard artificiel.

— Enfin, Anna, où vas-tu? lança Éric avec son air idiot qu'elle détestait tant.

— Réfléchis! Tu as détruit, broyé, laminé, pulvérisé et anéanti tout notre arsenal, et ça en deux jours! Comment veux-tu que je fasse maintenant pour assurer les représentations?

Éric conserva son air idiot, ou plus exactement prit un air un peu plus idiot que d'habitude. Il est vrai qu'il y était allé un peu fort, il s'était pris au jeu, il voulait faire du sensationnel, du spectaculaire, il se croyait être le clou du spectacle, il voulait être aussi bon qu'Anna. Mais c'était loin d'être le cas. À présent, il venait de réaliser qu'il avait tout faux! Faux sur toute la ligne! Il était inutile de chercher à ressembler à un quelconque héros ou d'essayer de prouver quoique ce soit... Il lui fallait rester lui-même, c'est ce qu'elle aimait en lui. Il n'avait rien compris mais que comprenait-il vraiment à ce qui lui était arrivé jusqu'à présent?

— Attends Anna! Je te demande pardon! Anna, s'il te plaît, donne-moi une deuxième chance! dit-il en se jetant à ses pieds.

Anna se figea. Puis après un court instant elle choisit de se retourner. Elle vit alors chez lui ce même petit crépitement de lumière bleue au fond de ses yeux noisette. Elle comprit alors la sincérité de son pardon et fit disparaître tout le noir qui commençait à envahir son humeur.

— Imbécile ! Maintenant il va falloir convaincre ton oncle ! Et j'espère bien que tu vas m'aider parce que ça risque d'être coton. Le budget va être conséquent et ça peut mettre en péril notre spectacle et peut-être même le musée !

— Notre spectacle, Anna ?

— Bien sûr « notre spectacle », idiot ! Tu en fais quand même partie que tu le veuilles ou non !

— Euh oui, oui...

— Mouais, de toute façon, je ne vois pas comment on pourrait faire autrement depuis ton petit numéro de la dernière fois ! répondit-elle en esquissant un sourire à peine perceptible.

— Oui je sais, Anna. Vraiment, je suis désolé, tu as raison ! Tu as toujours raison d'ailleurs.

— Arrête un peu ta brosse à reluire, CHÉRI ! Et souviens-t'en plutôt !

— Me souvenir ? Me souvenir de quoi ?

— Que j'ai toujours raison, pardi !

Le mot « chéri » avait le don de l'exaspérer au plus haut point et elle le savait. Aussi elle l'utilisait toujours pour le mettre en boule ou le titiller. Et là, il l'avait bien mérité, mais cette fois cela ne fonctionna pas, se relevant, il ne lui répondit que par un baiser délicat sur l'épaule.

— C'est ça, fais-toi pardonner maintenant ! Mais ce soir, «intet», «nichts», «nothing», «ceinture» comme vous dites les français ! Tu ne toucheras pas à mon hydromel !

— HAAAA ! C'est ça la grande punition de la terrible guerrière de Roskilde ?

Et il en profita pour lui glisser un autre baiser dans le cou. Elle ébaucha alors un sourire gêné en le repoussant gentiment.

— On va voir si tu fais le malin avec ton oncle ! CHÉRI ! Allez, avance, barbare ! dit-elle en lui assénant une bonne claque sur les fesses.

D'ordinaire au petit matin, avant l'ouverture, il n'était pas rare de voir le professeur Christiansen inspecter chaque recoin du musée à la recherche du moindre détail déplaisant. Même s'il s'attachait à dénicher ces petits grains de sables, comme il aimait à le dire en plaisantant, ce n'était pas pour autant un grand maniaque de la perfection ou un tyran de la propreté. Il voulait tout simplement que tous se sentent à l'aise dans son musée et y trouvent du plaisir, qu'ils soient visiteurs ou ses propres collaborateurs ! Cependant, depuis une petite semaine, on ne le voyait plus guère, pire, il ne prenait plus son sempiternel «latte macchiato» au snack-bar ! «À chacun ses vices, disait-il, moi c'est le macchiato !» Non décidément, il se passait quelque chose. Le matin, c'est à peine si on l'apercevait. Il arrivait la mine sombre et disparaissait immédiatement dans son bureau pour ne plus en sortir de la journée. Depuis trois jours les rumeurs allaient bon train mais personne n'osait l'importuner. Le problème était pourtant très simple ! Il devait dresser les comptes du musée ! Et ça, c'était la pire chose qu'on pouvait lui demander, à lui, l'archéologue de terrain, le spécialiste de l'alphabet runique, le grand savant de la construction navale viking... le grand « tout autre chose » que comptable ! Les chiffres et lui ne s'entendaient vraiment pas et la brouille datait au moins depuis la maternelle ! Pourtant, il était bien obligé de s'y pencher depuis que le conseil d'administration l'avait nommé directeur en remplacement de Matthaeus Vogter. Et pour être honnête, c'était la seule chose qui lui déplaisait dans sa nouvelle fonction. Toutefois, il souhaitait quand même maîtriser « la chose » de lui-même, il n'y avait pas à tortiller, il fallait qu'il y passe ! Et le passage se révélait pour lui particulièrement douloureux...

La tête enfoncée dans les mains, les yeux plongés dans son bilan comptable, il était au bord de l'abîme de l'incompréhension, à la frontière du désespoir. Aussi, il n'entendit pas lorsqu'on frappa à la porte de son bureau.

— Tu crois qu'il a entendu ? murmura Anna.

— À vrai dire je n'en sais rien ! Tu sais comment est mon oncle lorsqu'on lui parle de chiffres.

Anna jeta un coup œil par le trou de la serrure et vit la posture désespérée du professeur. Aussi, ravie et soulagée qu'il n'ait pas entendu, elle s'apprêta à faire demi-tour.

— Euh... Peut-être qu'on devrait passer un autre jour, ce sera mieux.

— Hé Anna ! Ce n'est pas ce que j'ai dit !

— Mais... s'il est dans les chiffres... Il sera de très mauvais poil donc aucune chance qu'il nous entende ou qu'il soit aimable. Ce n'est pas le bon moment ! Alors je pense qu'effectivement, oui, ce n'est pas une bonne idée de venir lui parler de tes bêtises qui vont lui coûter très cher !

— Eh bien, j'assume ! Après tout, il faut bien que je répare mes bêtises, sinon adieux le spectacle !

— Il toqua plus fermement à la porte du bureau et immédiatement claqua un « QUOI ! » fort et rude, résumant ainsi tout l'entretien qui allait se dérouler et qui promettait d'être... plutôt bref ! Éric entrouvrit la porte et poussa Anna à l'intérieur.

— Anna ?

— Euh oui, bonjour professeur ! répondit-elle en balbutiant.

Éric en profita pour se glisser maladroitement dans le bureau avec un sourire crispé.

— Éric ? Qu'est-ce qui se passe ?

— Eh bien euh... À vrai dire... Mon oncle je...

— Toi, tu m'as l'air d'un gamin qui a fait une grosse bêtise !

— Je...

Éric semblait totalement incapable d'aligner trois mots. Il affichait encore son air stupide qui énervait tout le monde.

— C'est ça ce que tu appelles « assumer » tes bêtises ! lui souffla-t-elle entre les dents.

— Je, je...

— Allez raconte-moi ! Qu'est-ce que tu as ENCORE fait ?

— À vrai dire professeur c'est au sujet du spectacle ! répondit Anna avant qu'il ne s'agace davantage.

— Ouf ! J'ai eu peur ! À un moment j'ai cru que vous alliez me réclamer de l'argent !

Éric et Anna ne purent alors pas cacher leur mine déconfite, ce qui ne put échapper au professeur.

— Non ! Ce n'est pas vrai ! Dites-moi que ce n'est pas vrai ! Vous croyez réellement que je suis d'humeur à parler argent avec ce budget que je dois pondre avant la fin de la semaine ?

— Oui mais c'est important ! essaya de dire Anna.

— Important ? IMPORTANT ? VRAIMENT ?

Le professeur commençait décidément à s'emporter. Éric regretta alors de ne pas avoir écouté Anna en persistant à vouloir précisément aujourd'hui résoudre leur « petit problème ».

— Dites-moi donc, vous deux, qu'est-ce qui est si IMPORTANT et URGENT que vous veniez m'embêter précisément maintenant ?

— Eh bien professeur c'est au sujet du spectacle et...

— Oui ! Ça j'avais compris ! fit-il agacé.

Anna comprit, elle aussi, qu'il fallait aller droit au but sinon le professeur les flanquerait à la porte rapidement et adieu le spectacle. Cependant Éric lui grilla la politesse.

— Mon oncle c'est de ma faute ! J'ai fichu le spectacle en l'air !

— QUOI ?

Le visage du professeur se décomposa instantanément ce qui pétrifia les deux jeunes qui s'attendaient plutôt à ce qu'il explose de fureur. Or, au lieu de cela, le professeur s'effondra dans son fauteuil puis ne bougea plus. C'était trop pour lui ! La pile de papiers qui stationnait au bord du bureau en profita pour prendre la fuite et les feuilles s'éparpillèrent sur le sol sans que le professeur ne s'en émeuve. Anna et Éric se regardèrent ne sachant plus quoi faire. Puis au bout d'une petite minute, Anna se décida à ramasser les feuilles qui jonchaient le sol. Tout en les rassemblant, elle se mit à les inspecter, puis à les lire. Tout le bilan financier du musée était entre ses mains. Rapidement elle comprit l'ampleur du problème : le professeur était incapable de globaliser ou classer les actions et les coûts, ni de les organiser pour analyser les axes stratégiques ou pour faire simple, il n'y avait là que des successions de chiffres qui n'avaient aucun sens. Le professeur voguait au milieu d'un océan de nombres en furie sans boussole ni gilet de sauvetage. Décidément le pauvre professeur avait besoin d'aide, pensa-t-elle, en replaçant la pile de feuilles sur le bureau.

— Professeur ? Professeur ? Vous allez bien ? lui demanda-t-elle de sa voix la plus douce.

Le professeur ne bougeait toujours pas, le visage enfoncé dans ses mains, comme s'il pleurait. Éric essaya à son tour et posa la main sur la tête de son oncle.

— Mon oncle, c'est Éric ! Parle-moi !

Le professeur retira ses mains et les yeux rougis par quelques larmes en disaient long sur la pression qu'il s'était infligée en s'entêtant à vouloir élaborer, seul, ce maudit budget.

— Je n'y arriverai jamais ! Ils ont fait une erreur en me nommant directeur du musée ! Je suis un homme de terrain, pas un comptable ! Et de toute manière je n'y entends rien aux chiffres !

— Alors là, NON ! éclata Anna. S'il y a bien quelqu'un capable de gérer ce musée c'est bien vous ! Vous connaissez le terrain, OK ! Les chiffres c'est pas votre truc, OK ! Mais mieux que personne, vous savez ce qui donne des étoiles dans les yeux des gens ! Et ça c'est exceptionnel !

— Oui mon oncle ! Anna a raison ! Tu es archéologue pas comptable ! C'est un fait ! Mais laisse-nous t'aider !

— C'est gentil mais que connaissez-vous en matière de gestion comptable ?

— Vous savez, j'ai encore quelques cours à la fac ! lui dit-elle avec un sourire malicieux.

— Le professeur avait complètement oublié, ou avait fait mine de l'ignorer, qu'Anna avait choisi un cursus « Administration d'entreprise ». Et même si elle n'était pas encore diplômée, elle possédait sans aucun doute quelques notions en la matière, en tout cas bien plus que lui.

— Je vous propose un *deal*, professeur ! Je vous aide dans votre budget mais l'année prochaine vous recrutez un comptable ou ... une comptable !

— Est-ce à dire que... Tu veux arrêter le spectacle ?

— Non bien sûr que non ! Enfin ça dépend d'Éric !

— Qui moi ? Mais je n'ai rien dit ! répondit Éric qui n'avait rien suivi de la conversation.

— Quel ahuri tu fais ! Allez, vas-y, confesse tes péchés, mécréant !

— Mécréant ? Quels péchés ?

— Tes bêtises, idiot !

— Ses bêtises ? Quelles bêtises as-tu faites Éric ?

— Je... Je... Balbutia-t-il encore et encore.

— Bon ça suffit Éric, tu ne vas pas recommencer tes « je-je... », y'en a marre, assume !

— Euh... J'ai cassé tout le matériel ! répondit-il en baissant la tête comme un gamin qui confesse avoir pris un bonbon.

— Le matériel ? Ah les boucliers en bois ! Ce n'est pas bien grave, le menuisier peut en fabriquer d'autres et ce n'est pas trop cher.

— Euh... Non mon oncle, je veux dire tout le matériel...

— Comment ça « tout le matériel » ?

Christiansen regarda alors Anna d'un air interrogateur mais celle-ci lui répondit que par un geste de la main invitant Éric à poursuivre.

— Tout le matériel ? Que veux-tu dire par « tout le matériel » ? répéta-t-il alors.

— Eh bien, les boucliers... Euh... les lances... quelques casques...

— Et toutes les épées ! conclu Anna exaspérée par le manque de courage du jeune homme.

— Toutes les épées ? Mais comment ? Comment est-ce possible ?

Ce fut Anna qui continua...

— Il est trop fort et cet idiot ne sait pas retenir ses coups ! Il a détruit tout notre arsenal !

— Et c'est réparable ?

— Pour être honnête professeur, je pense qu'il vaudrait mieux le refaire mais en plus solide... Sinon ce ne sera que pure perte. Il le détruira à nouveau en un rien de temps. Et il faut bien l'avouer, ce n'étaient que des épées de pacotille.

— Mais ça va coûter une somme colossale !

Le professeur se voyait déjà rendre des comptes au conseil d'administration et s'embourber dans des explications foireuses.

— En fait j'ai une petite idée...

— Une idée Anna ?

— Oui ! D'abord, il faut contacter le forgeron pour qu'il nous fasse des devis et surtout pour lui expliquer notre problème... Mais je sais qu'il est sensible à tout ce qui touche aux épées, c'est un passionné et un amoureux de son travail... Je suis sûr qu'il nous fera un prix ! Surtout si on lui permet de pouvoir vendre ses œuvres dans le musée !

— Anna ! Nous sommes un musée pas un supermarché !

— Professeur, voyons ! Beaucoup d'autres musées vendent des répliques d'armes pour leurs visiteurs alors pourquoi pas nous ?

— Hum…

— En plus, nous sommes les seuls à faire un spectacle en armes de cette qualité…

— Anna, là tu exagères…

— Ah ? Vraiment ? N'avons-nous pas la puissance d'Odin, le grand Thor ?

— Si tu parles d'Éric, je te préviens, je VOUS préviens TOUS LES DEUX ! Je ne veux plus voir de choses dangereuses comme la dernière fois. C'était de l'inconscience pure et simple !

— Professeur, c'était exceptionnel !

— Oui, oui mais tout de même !

— Mon oncle ! Je te promets de faire attention et de toute façon c'est Anna qui dirige le spectacle… Je ferai ce qu'elle me dira de faire…

— Dans ce cas… Mais gare à toi si tu ne l'écoutes pas ou si tu recommences !

— Je te le promets !

— Hum…

— Par contre professeur, je vous propose en même temps d'organiser une grande exposition sur l'histoire des épées vikings. Ça créera un événement qui fera venir du monde… Et nous permettra de récolter plus de sous. Surtout si vous obtenez la participation des autres musées en Europe...

— Mais c'est un gros travail !

— Je suis sûre qu'ici tout le monde sera emballé et mettra la main à la pâte. Et puis, entre nous, qu'avez-vous à perdre professeur ?

— Rien effectivement... C'est un projet très intéressant.

— Alors qu'en dites-vous ?

— Hum... Pourquoi pas ! Qu'avons-nous à perdre ? Comme tu es à l'aise avec les chiffres je te laisse voir avec le forgeron et tout ce qui concerne les achats pour l'exposition, moi je vais contacter les autres musées... On devrait bien arriver à faire quelque chose de sympathique !

— Et moi qu'est-ce que je fais ? demanda Éric quelque peu désemparé.

— Toi ? Tu t'abstiens de faire d'autres bêtises ! Ce sera déjà pas mal, non ? ironisa son oncle... Allez maintenant fichez-moi le camp, j'ai du travail...

Les deux jeunes s'apprêtaient à sortir lorsque le professeur les interpella.

— Oh là ! Pas si vite jeune fille... Tu oublies quelque chose Anna !

— Ah ? Quoi donc professeur ?

— Eh bien tout ceci est à toi, non ? lui répondit-il en désignant le tas de feuilles qui trônait sur son bureau. Un *deal* est un *deal* !

— Oui, oui, professeur, un *deal* est un *deal* ! fit-elle en glissant sous son bras la pile de papiers. Puis ils s'éclipsèrent.

— Une exposition d'épées... réfléchit tout haut le professeur une fois seul. Ce n'est franchement pas idiot et puis ça me changera des drakkars... Pas mal, cette idée, vraiment pas mal...

Chapitre 3

La grande salle d'exposition ressemblait plus au souk de Marrakech qu'à une salle de musée nordique. Ça grouillait et s'agitait dans tous les sens. Il faut dire que tout le monde avait répondu présent lorsque le professeur Christiansen avait annoncé son intention d'organiser une grande exposition sur l'histoire des épées viking.

Les vitrines avaient été réalisées par les menuisiers et il ne manquait plus qu'à les remplir. Les dioramas étaient presque terminés et quelques mannequins étaient encore nus ce qui donnait lieu à des plaisanteries au sein du groupe des « grands-mères » de la petite troupe d'Anna, des couturières hors pair. Non, sans aucun doute, cette exposition serait une réussite.

Le professeur était lui aussi venu donner un coup de main mais son habileté légendaire en matière de bricolage l'avait précédé. Tout le monde faisait en sorte de n'avoir rien à lui confier, de peur de voir leur travail réduit en miettes. Aussi Anna décida de le prendre en main et de lui faire visiter les ateliers un à un. Soudain, en arrivant près de la porte quelqu'un cria son nom.

— Christiansen, professeur Allan Christiansen ?

Le professeur se retourna en levant la main pour indiquer sa présence. C'était un livreur, très excité, qui agitait un bordereau de livraison d'une main et de l'autre tirait une caisse en bois montée sur un chariot.

— Professeur Christiansen ?

— Oui c'est moi, de quoi s'agit-il ?

— J'ai un colis pour vous, de la part du *British Museum*...

— Le *British Museum* ? Mais je ne leur ai rien demandé !

— Écoutez professeur, ce ne sont pas mes affaires ! Moi je dois livrer ce qui est écrit là-dessus. Pour le reste débrouillez-vous avec eux !

Le livreur lui colla sa feuille sur le thorax en lui tendant un stylo. Le professeur agacé par si peu d'amabilité, empoigna le stylo et commença à inspecter le bordereau.

— Une épée médiévale, ils m'expédient une épée médiévale ? Mais ce doit être une erreur ! fit le professeur.

— Je m'en fiche ! Moi je livre... et j'ai encore d'autres livraisons à faire. Alors vous signez en bas, vous gardez le double et je m'en vais ! Je repasserai plus tard reprendre le chariot.

Christiansen signa rapidement la feuille puis le livreur lui arracha le stylo et le formulaire des mains et plaqua sur la caisse le double du bordereau avant de s'enfuir.

— C'est n'importe quoi ce type ! lança Anna.

— Mais pourquoi le *British Museum* m'envoie-t-il une épée médiévale ? Ils ne sont pas stupides d'habitude !

— Bah ! Il suffit d'ouvrir la caisse, mon oncle, la réponse sera à l'intérieur ! fit Éric tout excité à l'idée de tenir une véritable épée de chevalier.

— Vas-y... On sera fixé.

Éric agrippa le bord du couvercle cloué et sans le moindre effort l'arrachât d'une traite. La caisse était remplie de paille et une enveloppe bleue portant le nom du professeur était posée au milieu. Éric tendit l'enveloppe à son oncle puis entreprit la fouille de la caisse à la recherche de la fameuse épée avec un enthousiasme non dissimulé.

— Doucement Éric... Voyons cette enveloppe...

Le professeur sortit de l'enveloppe un document d'authenticité mentionnant les caractéristiques de l'épée ainsi qu'un courrier d'accompagnement.

— « Très cher confrère, nous avons eu vent de l'organisation de votre exposition et nous serions heureux de contribuer à la réussite de cet évènement. Sachez que [...] », blablabla la prose habituelle... Ah ! Nous y voici. « [...] cette épée a été trouvée au fond de la Witham il y a 200 ans et nous pensons qu'elle vous intéressera. Nous avons décelé quelques emprunts à des techniques viking et... »

— Ça y est ! JE L'AI ! s'écria Éric

— Montre-voir...

Éric tendit sa trouvaille au professeur qui commença à l'examiner avec précaution.

— On dirait qu'elle a séjournée un bon moment dans l'eau. Mais elle est bien trop grande pour une épée

Viking. Les épées que l'on trouve par ici font tout au plus 80 centimètres et celle-ci fait bien un mètre! Pourtant il y a quelque chose qui...

— Regardez, il y a une inscription sur la lame...

— Oui, c'est très curieux... Cela ne veut rien dire, et... Il n'y a rien sur l'autre face!

Le professeur reprit la lecture de la lettre à la recherche de quelques explications.

— « [...] la paume a été assemblée à la manière des épées viking [...] » blablabla... « L'inscription sur la lame est certainement l'abréviation d'une prière ou d'un texte sacré que nous n'arrivons pas à déchiffrer à moins qu'il s'agisse d'un texte viking transcrit en latin lors de la christianisation. Nous ne comprenons pas non plus sa présence dans la région de Lincoln au XIIe siècle ni sa parfaite conservation... ». Hum... J'ai compris. En fait, ils nous prêtent cette épée le temps de l'exposition en espérant bien que l'on perce l'énigme de cette inscription!

— Donc en fait, on ne peut rien en faire, professeur?

— Eh bien, pour les techniques vikings, ce n'est franchement pas évident pour le public de les repérer. En plus, c'est sans aucun doute une épée de croisé... C'est un peu en dehors du thème de l'exposition...

— Une épée de croisé... WHAAAA! Génial! s'enthousiasma Éric qui avait repris l'épée et commençait à la faire tournoyer dans les airs, imitant les chevaliers au combat.

— Doucement Éric! C'est une pièce de collection!

— Je fais attention ! Ne t'inquiète pas, regarde ! Fit-il en mimant un combat avec un ennemi imaginaire.

— Professeur, pourquoi pensent-ils que vous pouvez percer le mystère de l'inscription ?

— Oh... je pense qu'ils se sont dit que comme l'épée a été forgée par un forgeron de chez nous, il a dû y inscrire quelque chose dans sa culture ou sa langue et comme je suis linguiste de formation...

— Et vous pouvez y arriver ?

— Hein ? Non Anna ! Aucune chance... Si chacune de ces lettres indique bien le début d'une phrase... Et que l'on ne sait pas de quel texte il s'agit... Autant trouver une aiguille dans une botte de foin. D'ailleurs cela n'a pas sauté aux yeux de notre farfelu de service, dit-il en pointant du doigt Éric qui s'agitait de plus belle.

— Vous voulez la renvoyer au *British Museum* ?

— Je ne sais pas... Il est vrai que l'assemblage m'intrigue mais c'est surtout le métal qui est remarquable !

— Le métal ?

— Oui l'épée a été trouvée dans l'eau... Elle y a séjourné au moins 500 ans ! Et regarde, la lame est terne, d'accord, mais tellement peu rouillée alors qu'il ne devrait rien en rester, la rouille aurait dû complètement la détruire et....

Soudain un grand bruit ! C'était Éric qui s'était pris les pieds dans un tabouret et qui s'était étalé de tout son long, entraînant avec lui la caisse de bois, le chariot et plusieurs chaises... Il y eut quelques éclats de rire dans la salle mais tout le monde se remit au travail quasi immédiatement, le temps manquait pour se permettre de s'en détourner.

— Bravo Éric! C'est ça que tu appelles faire attention?

— Tu parles d'un croisé, ajouta Anna en éclatant de rire...

— Oui, oui... J'ai glissé, ça arrive à tout le monde! dit Éric en se relevant tant bien que mal.

— Mais tu t'es blessé! Tu saignes! s'écria Christiansen en se précipitant sur Éric.

— Mon oncle pas de panique! Vous savez bien que pour moi ce n'est pas un problème!

— Oui, oui... Je ne m'y ferais jamais...

Le T-shirt d'Éric était complètement maculé de sang gage d'une blessure assez sérieuse. Éric retira son vêtement et ils découvrirent une plaie béante qui lui lacérait le ventre. Le sang coulait abondamment et le professeur appliqua fortement sur la plaie le T-shirt qu'il avait roulé en boule.

— Éric, j'appelle les pompiers, c'est trop profond...

— Attends, je vais me soigner tout seul...

Les yeux d'Éric s'étaient illuminés dans un bleu intense. Il posa la main sur la plaie qui se mit à briller de la même couleur. Le sang s'arrêta de couler et la plaie commença à se refermer doucement...

— C'est normal ça?

— Quoi Anna?

— Eh bien, d'habitude tu cicatrises beaucoup plus vite, c'est pratiquement instantané...

— Oui c'est vrai... Mais la plaie est importante alors ça doit jouer.

— Moi je trouve que ça ne marche pas bien... Regarde ta plaie ! Elle forme une cicatrice, alors que normalement tout disparaît !

— Tu y arrives ou tu n'y arrives pas Éric ? Sinon j'appelle les secours !

— Mais non mon oncle... D'accord, c'est un peu plus difficile que d'habitude mais ça vient...

Éric redoublait d'efforts en concentrant tout le flux de son énergie vers la plaie et rapidement à bout de force, il s'arrêta.

— Bon c'est un peu dur mais ça suffira pour l'instant !

— Tu es sûr ?

— Oui, oui... Je recommencerai ce soir quand j'aurai repris un peu de forces...

La plaie était à présent refermée mais une grande balafre très disgracieuse avait pris place sur son abdomen.

— Ouais c'est franchement moche... Tu t'es fait ça avec quoi ? fit Anna qui parcourait des yeux la surface de la caisse à la recherche d'une éventuelle trace de sang.

— MERDOUILLE, L'ÉPÉE ! cria le professeur.

À terre l'épée baignait dans une flaque de sang mais ne semblait pas avoir souffert de sa chute.

— Bon Dieu ! Pourvue qu'elle soit intacte sinon ça risque de brouiller mes relations avec les Saxons ?

— Les Saxons ?

— Euh... Je veux dire les gens du *British Muséum* ! dit-il en ramassant l'épée qui dégoulinait de sang.

Celui-ci coula le long de la lame jusqu'aux inscriptions qui à son contact s'illuminèrent !

— Mince alors, par Odin ! Ça ce n'est vraiment pas normal !

— Vous blasphémez maintenant professeur ?

— Regardez...

Les lettres devenaient de plus en plus luminescentes, presque aveuglantes au point de ne plus discerner l'inscription.

— Éric ça ne te rappelle rien ?

— Si Anna !

— Les TABLETTES DE BRYGGENS !

La lumière devint moins aveuglante et tous découvrirent quelques instants une nouvelle inscription formée par des runes. Puis la lumière disparut et l'ancienne inscription latine réapparut.

— Vous avez réussi à lire, les enfants ?

— Oui professeur mais cela ne veut rien dire !

— Comment ça ?

— Oui moi j'ai lu « Par le sang, les trois sœurs maudites, *Brotningr* la honte... »

— La « honteuse » Éric, je pense que là c'est « *Brottning* la honteuse » !

— *Brottning* la honteuse ?

— Oui *Brottning* est un nom qui signifie la lutte et en islandais cela signifierait quelque chose qui éclate ou se brise !

— Ça ne veut quand même rien dire « Par le sang, les trois sœurs maudites, *Brottning* la honteuse... »

— Hum... C'est vrai !

— Mon oncle, j'ai très bien perçu que le message était incomplet. C'est comme si on n'avait pas pu finir de graver le texte !

— Le fait que le message ne soit présent que sur une seule face de la lame va dans le sens de ton explication, Éric.

— Et vous croyez que cela a un lien avec le texte inscrit en latin ? Par ce que « +NDXOXCHWDRGHDXORVI+ » franchement... ce n'est pas plus clair !

— Non ! Rappelle-toi sur les tablettes, le texte avait changé de forme et les inscriptions initiales n'étaient là que pour faire diversion. Je pense qu'ici c'est la même chose.

— Donc pour vous, professeur, seule l'inscription runique compte.

— Oui Anna, encore faut-il comprendre le sens de cette malédiction !

— Une malédiction ? Comment ça une malédiction ? fit Éric visiblement effrayé

— Et bien généralement, lorsque qu'une incantation commence par « Par le sang » ça n'augure rien de bon...

— Tu te moques là ?

— Bien sûr qu'il plaisante ! N'est-ce pas professeur ?

Mais le professeur n'écoutait déjà plus. Il était à nouveau plongé dans la lecture des documents du *British*

Museum et marmonnait quelque chose entre ses dents :
« *Brotningr... Brottning...* Ça me dit quelque chose... Une
épée ?... quelle épée ?... »

— Bon... En attendant qui va nettoyer tout ça ?

— C'est moi Anna ! C'est quand même de ma faute...

— Tiens tu es devenu responsable, toi ?

— Euh... Décidément j'en loupe pas une, hein ?

Éric avait l'air tellement sincère et si penaud que cela
émut Anna qui du coup l'embrassa.

— Va chercher une serpillière et profite pour te
changer, moi je vais mettre un peu d'ordre ici.

Éric s'en alla nonchalamment à la recherche de la
serpillière et d'un nouveau T-shirt tandis qu'Anna
commença à ranger tout le fatras sur le sol.

Chapitre 4

Ce matin, on pouvait lire sur un papier scotché à la hâte à la porte du bureau du professeur, en gros et en rouge : «forstyr ikke» (ne pas déranger).

Le professeur, Anna et Éric avaient décidé de s'informer davantage sur l'histoire de l'épée du *British Museum*. Malheureusement après quelques heures de recherche, le bilan était bien maigre. Ils n'en savaient guère plus que le *British Museum*. Pour résumer, ils étaient à peu près certains de l'époque, le XIIe ou XIIIe siècle, la localisation était approximative, le comté de Lincoln, dans la rivière Witham... Pour le reste, c'était plus compliqué.

Anna, en plus d'avoir eu la bonne idée de ramener des croissants aux amandes pour le plus grand plaisir d'Éric, avait entrepris de recenser toutes les batailles qui avaient eu lieu le long de la rivière au cours du XIIe et XIIIe siècle.

Au huitième croissant englouti par Éric, elle s'exclama :

— Bon, il n'y a pas à tortiller, c'est forcément l'une des batailles de la ville de Lincoln !

— Ah ? Et qu'est-ce que ça dit ? répondit Éric la bouche pleine.

— Rien ! C'est ça le problème ! Il est marqué « Première Bataille de Lincoln, 1141, succession au trône d'Angleterre », « Deuxième Bataille de Lincoln 1217, guerre entre la France et l'Angleterre ». Ça ne parle pas de vikings ni d'autres choses d'ailleurs.

— Nous ne sommes plus à l'époque des premiers raids viking, Anna ! surenchérit le professeur. En plus, s'il y avait eu la présence de vikings, le *British Museum* aurait trouvé d'autres vestiges. Là, il est question d'une seule épée un peu particulière et dont la bizarrerie est de posséder une inscription incompréhensible... Nous sommes bien avancés avec si peu d'informations !

— Mais professeur, si cette épée est unique et si particulière, il en serait fait mention quelque part ?

— Ou bien quelqu'un connaîtrait une légende locale qui en parlerait, dit Éric.

Cette dernière idée était loin d'être saugrenue, souvent l'histoire se colporte sous forme de légendes et se transforme au fil du temps, mais il en reste toujours un petit quelque chose.

— Oui je sais maintenant !

— Quoi donc professeur ?

— « Brotningr », je me souviens où j'en ai entendu parler !

— Oui, et ?

— C'est dans l'Edda de Snorri, c'est rien du tout... Juste une liste !

— Bon alors, ce n'est rien du tout ou c'est quelque chose d'important ?

— À vrai dire...

— Professeur, il faudrait vous décider !

— Eh bien, Anna, dans le Codex de l'Edda de Snorri, il y a une page qui rassemble une liste de noms d'épée. Au début j'avais cru que ce n'était qu'une liste de synonymes dans la poésie scandinave... Mais maintenant je pense qu'il s'agit de véritables épées.

— Donc l'épée du *British Museum* viendrait d'une vraie légende viking alors ?

— Non !

— Alors-là je n'y comprends plus rien professeur...

— Ça ne correspond pas, Anna ! L'épée de Witham est bien celle d'un croisé. Elle est plus longue que les épées vikings ! Il y a bien la gorge qui parcourt la lame et l'assemblage semble être viking ! Et encore, on ne peut pas le jurer !

— Et pour vous, il n'y aurait pas moyen qu'un forgeron viking de l'époque ait réalisé la toute première épée de croisée ?

— Non je ne le pense pas... De toute façon la qualité de cette épée est un mystère !

— Que veux-tu dire mon oncle ?

— Réfléchis ! Une épée qui a séjourné aussi longtemps dans l'eau ne pourrait pas ressembler à ça ! Il ne resterait d'elle que très peu de chose.

— Tu veux dire que le *British Museum* nous cache quelque chose ?

— Non, non, nous sommes entre confrères quand même ! Même si les anglais ont souvent une mentalité un peu trop insulaire à mon goût, il ne leur viendrait pas à l'esprit de s'amuser à nous cacher des choses... ce sont des gens sérieux, enfin je crois.

— Bien alors ?

— Je pense que le métal est particulier ! Il faut que je le fasse analyser.

— Tu penses que ce serait la raison pour laquelle mon pouvoir de guérison n'a pas fonctionné comme d'habitude ?

— Je ne peux pas te dire, Éric... À propos, comment va ta blessure ?

— Ma blessure ? Euh ! Tout va bien mon oncle, tout est rentré dans l'ordre !

— Ah ! Je suis soulagé !

Le professeur était retourné à son bureau pour mettre le nez dans ses fiches. Anna en profita pour chuchoter à Éric.

— Enfin, pourquoi lui as-tu menti ?

— Je ne lui ai pas menti !

— Mais si ! Moi je l'ai vue ce matin ta blessure !

— C'est pas possible je t'ai dit qu'il n'y a plus rien !

— Arrête, tu veux ! Pas à moi !

Le vert de ses yeux s'était subitement orné d'une auréole de lumière bleue autour de l'iris annonçant son exaspération.

— Je l'ai vu quand tu es sorti de la douche ! Montre-la-moi !

Éric n'eut plus d'autre choix que de soulever discrètement son T-shirt en espérant que son oncle ne l'apercevrait pas. Il laissa alors apparaître une affreuse cicatrice bleu-rouge striée d'où partaient des traits noirâtres indiquant une vascularisation intense dans cette partie de son corps.

— Enfin Éric, c'est pire !

— Ne dis rien à mon oncle, s'il te plaît ! Sinon il m'enverra à l'hôpital !

— Eh bien il n'aurait pas tort !

— Écoute ! Si je vais à l'hôpital, que va-t-il se passer ?

— Euh...

— Ils vont faire des tests, des analyses et je ne sais quoi d'autres encore... Et comment vont-ils réagir d'après toi, quand pour une raison ou une autre ils découvriront ce que je suis capable de faire ?

— ...

— Je ne veux pas finir en grenouille de laboratoire !

— Oui tu as raison, car dès qu'ils vont découvrir quelque chose, il y a de fortes chances que je finisse moi aussi en « Anna le petit cobaye numéro 2 ». Et ton cousin alors ? Il est presque médecin maintenant ?

— Niels ? Tu parles ! Je n'ai plus de nouvelles de lui depuis qu'il roucoule avec sa nouvelle copine. D'ailleurs, je ne sais même pas où il est. Il bouge tout le temps.

— Que proposes-tu ?

— Nous n'avons pas le choix, Anna. Nous devons percer le mystère de cette épée coûte que coûte.

— Mais tu vois bien, nous n'avons rien pour nous aider !

— Si Douglas !

— Enfin Éric, que vient faire Douglas là-dedans ?

— Bien il est anglais ! Et puis c'est notre ami, il saura quoi faire lorsque nous irons à Lincoln !

— Quoi ? Tu veux aller à Lincoln ?

— Bien oui ! On n'en saura pas plus ici. Et puis avec de la chance, là-bas, quelqu'un se souviendra d'une vieille légende, d'un événement extraordinaire ou quelque chose comme ça !

— Bin c'est pas gagné ! dit Anna en lançant un regard dubitatif vers le professeur qui était toujours affairé à son bureau.

*
* *

L'oncle Christiansen n'avait pas mis longtemps à accepter l'idée qu'Éric et Anna ne fassent un petit séjour à Lincoln d'autant que Douglas serait de la partie et leur servirait de guide et de chaperon. En revanche, il avait explosé lorsqu'Anna prétextant faire baisser les prix du transport avait suggéré d'utiliser « le bâton ». « Il est hors de question que ce bâton, qu'elle qu'en fût la raison, ne quitte le coffre de mon bureau ! » avait-il conclu brutalement. L'affaire était donc close, Éric et Anna se rendraient à Lincoln par un vol commercial pendant que l'épée serait analysée par un ami du professeur au laboratoire de physique atomique de Roskilde. C'est ainsi que les deux jeunes gens se retrouvèrent dans le grand hall blanc de l'aéroport de *Doncaster-Sheffield Robin Hood* en Angleterre.

— C'est ultra moderne ici avec ces grandes fenêtres! s'exclama Éric.

— Oui et tu as vu là-haut? C'est la statue de Robin des Bois!

— Mince, je ne m'attendais pas à voir ça dans un aéroport!

— Moi non plus! dit une voix derrière eux avec un pincement d'ironie.

C'était un homme grand et sec, d'un chic très britannique, qui s'était glissé auprès d'eux l'air de rien.

— Douglas! Tu es là! s'écria Anna qui ne pouvait cacher sa joie.

— Bien oui! Tu avais des doutes?

— Non jamais!

Et elle le serra très fort, froissant en même temps le costume, comme toujours impeccable, de son ami.

— Bon quand tu auras fini de me ruiner en frais de pressing, je pourrais peut-être dire bonjour à Éric!

Anna se reprit immédiatement, pendant qu'Éric pouffa de rire. Elle avait oublié l'espace d'un instant combien Douglas était susceptible quand il s'agissait de ses costumes Armani. C'était là son seul pêché.

— Bonjour Douglas! Fergus n'est pas avec toi? demanda Éric en cherchant par-dessus l'épaule de son ami britannique la trace d'une chevelure rousse.

— Non! Une affaire urgente le retient... Comme tous les ans du reste...

— D'accord! ricana Anna. Je vois, il s'occupe de ses stocks de *Drambuie*!

— Tu sais comment il est, Anna...

— Oui, oui je comprends ça, c'est très important!

— Un groupe d'alcoolos oui! répliqua Éric pensant faire de l'humour.

— Pfff! Tu ne comprends rien aux traditions toi alors! rétorqua Anna piquée au vif. Et puis tu ne craches pas dans mon hydromel d'habitude, CHERI!

Éric ne répondit rien et préféra bouder dans son coin.

— Décidément tous les deux vous ne changez pas! dit Douglas qui s'amusait de leurs gamineries.

Il les guida alors vers l'extérieur puis ils montèrent dans une Ford Escort bleue flambant neuve qu'il avait louée pour l'occasion.

— Tu as acheté une nouvelle voiture?

— Non, mon 4x4 est en révision et puis cette voiture est plus confortable, on en a quand même pour près d'une heure de route... Le MI6 a quand même les moyens de me procurer une voiture!

— Ah? Tu es en service alors?

— Oui et non, Éric! répondit Douglas. Avec vous deux on ne sait jamais ce qui peut arriver. D'ailleurs si j'ai bien compris au téléphone, il est seulement question de récolter quelques informations sur une épée?

— Oui, oui répondit Éric un peu gêné.

Douglas ne dit plus rien et continua à rouler en direction de Lincoln. Ce silence éveilla les soupçons d'Anna et Éric qui se demandèrent s'ils avaient eu raison de cacher leurs problèmes à leur ami. Lincoln était une ville d'assez grande importance et plus ils se rapprochaient du centre et du vieux bourg, plus les maisons devenaient charmantes et authentiques avec leurs briques rouges. Les routes étaient maintenant pavées et Douglas parvint à dégoter une place de parking sur *Dane Terrasse*.

— On s'arrête là ! On va continuer à pied, l'office du tourisme est au bout de *Steep Hill*, entre la cathédrale et le château.

— Douglas... Euh... Tu ne nous fais pas la gueule ?

— Moi ? Pourquoi ? Parce que vous me cachez quelque chose ?

— Bien... En fait cette épée a certainement à voir avec les pouvoirs d'Éric mais on n'en sait pas plus... et on ne voulait pas en parler au téléphone ! dit Anna, un peu confuse tout de même.

— J'ai l'habitude... Mais dites-moi au moins ce que je dois chercher...

— Nous pensons que cette épée cache un message secret et que le métal qui la constitue n'est pas ordinaire !

— Donc si je te suis Éric, il faut tendre l'oreille à toutes les légendes du coin qui parleraient d'une formidable épée ou d'un truc un peu extraordinaire ?

— Euh c'est à peu près ça. Anna pense qu'il y a eu deux batailles à Lincoln et que l'une des deux peut nous donner des informations. Mais laquelle ?

— Bon... Je vais au pub m'en jeter quelques-uns puis visiter tous les autres pubs de la rue... Vous, vous n'avez qu'à suivre *Steep Hill*, pour monter au château, c'est pas loin... Je vous rejoins dans deux heures...

Éric et Anna n'eurent pas le temps de dire quoi que ce soit que déjà Douglas s'était engouffré dans le pub le plus proche... Et des pubs, il y en avait toute une flopée dans cette rue !

Au bout de 250 mètres de route très pentue, Éric et Anna arrivèrent enfin à l'intersection d'*Exchequer Gate* et de *Steep Hill*, complètement exténués. L'office du tourisme formait l'angle. C'était une magnifique maison blanche à colombages à deux étages qui possédait trois toits de sorte qu'on aurait cru qu'elle était composée de trois petites maisons accolées. Il était impossible de la manquer. Sur une vieille porte en bois il était écrit « Visitor information - Open ».

— Bon on a de la chance ! fit Anna entre deux respirations. Voyons voir ce qu'on va nous dire.

À peine le seuil franchi, les deux jeunes gens se retrouvèrent nez à nez avec toutes sorte de gadgets tout aussi inutiles qu'hideux et destinés aux touristes. Entre les chevaliers en plastique « made in China » se tenaient des livres illustrés pour enfants, flanqués pêle-mêle dans un gourbi indescriptible. Un comptoir en bois au fond de la pièce tout aussi vieux que la porte supportait quelques présentoirs de cartes postales et autres documents touristiques dans un beau désordre.

— Je ne sais pas si c'est une bonne idée, Éric ! souffla Anna.

— Pourquoi donc ?

— Je n'ai pas l'impression qu'on va trouver quelque chose d'intéressant ici !

— Oui tu as raisons ça ressemble plus à un attrape touriste, partons !

Ils s'apprêtèrent à sortir lorsqu'une jeune femme venue d'on-ne-sait-où leur lança :

— Ça dépend de ce que vous êtes venus chercher !

Derrière le comptoir se tenait à présent une jeune femme dont personne n'aurait juré qu'elle travaillait là. Nous étions loin des clichés sur les rats de bibliothèques et de leurs lunettes à chaînettes en plastique... Habillée d'un T-shirt noir illustré de la pochette d'un album d'*Iron Maiden* et d'un *blue jean* dont il aurait été difficile de dire s'il était troué ou déchiré, une jeune femme feuilletait un magazine *people*. Elle devait avoir environ 25 ans mais il était difficile de l'affirmer tant son maquillage noir était outrancier et le nombre de piercings qui lui parcouraient le visage n'arrangeait rien. Finalement, elle était plutôt en harmonie avec le reste de la pièce.

— Euh pardon ? se risqua à dire Anna.

— Oui... Je disais, ça dépend de ce que vous êtes venus chercher ! leur répéta-t-elle sans lever les yeux du magazine.

— Oh je doute que vous puissiez nous renseigner ! Nous travaillons pour le musée de Roskilde et nous recherchons des informations historiques !

La jeune fille avait eu l'air de lancer un regard plus lumineux en entendant Anna puis rajouta sur un ton monocorde :

— Eh bien dites toujours !

— Euh... Nous recherchons des informations sur les batailles du coin au XIIe siècle !

— Vous voulez parler de la bataille de Lincoln de 1141 ou celle de 1217 ?

— Vous vous y connaissez ?

— Disons que lorsque je ne me trouve pas derrière ce comptoir miteux, je passe mon temps à la fac d'histoire.

— Ah super ! Et qu'est-ce que vous pouvez nous dire là-dessus ?

— Comme je vous disais tout à l'heure, ça dépend de ce que vous cherchez !

— Eh bien un fait exceptionnel ou guerrier...

— Bon vous ne savez pas alors ! Ce que je peux vous dire c'est que la bataille de 1217 est une bataille entre la France et l'Angleterre. Au cours de celle-ci, le château est pratiquement démoli. En fait, les comtes de l'époque étaient partagés entre se rallier à la France ou à l'Angleterre... Mais comme ils ont chassé les grenouilles d'Angleterre... Vous devinez la suite.

— Donc pour vous, les seuls faits importants seraient la destruction du château et la capture, la trahison ou la mort de quelques comtes ?

— Oui une guerre comme toutes les autres, rien de plus banal !

— Et pour la bataille de 1141 ?

— Là c'est autre chose... Le roi de l'époque est *Étienne de Blois*... Encore une grenouille... Mais il défend le château contre *Mathilde l'Emperesse* et ses troupes.

— *Mathilde l'Emperesse* ? Ça existe ça « Emperesse » ? se risqua à demander Éric.

— En tout cas, c'est comme ça qu'on l'appelle !

— Et ensuite ? Le château est démoli ?

— Non, la bataille a eu lieu à l'extérieur, près de la rivière...

— La rivière ?

— Oui, le roi Étienne a dû vouloir battre son ennemi à l'extérieur pour épargner le château ou pour pouvoir s'y retrancher en sécurité s'il n'avait pas le dessus. Puis il a perdu et a été emprisonné.

— Rien de remarquable alors ?

— Non... Encore une guerre... Les livres disent seulement qu'il s'est vaillamment battu, curieux pour un *frenchy* non ?

La porte de la boutique s'ouvrit et Douglas apparut, la mine encore fraîche et toujours impeccable dans son blazer croisé...

— Eh bien, nous ne pensions pas te voir de sitôt !

— Ah... Ces vieux soiffards racontent tous la même chose... Je n'ai pas eu besoin de faire davantage de pubs. C'est décevant.

— Et sinon ? Quelque chose d'intéressant ?

— Oui... Peut-être...

— Vas-y on t'écoute !

— Ils parlent de la bataille de Lincoln...

— La première ? demanda Éric.

— Je ne sais pas trop, ils disent que durant la bataille un brouillard démoniaque a envahi le château et toutes les collines alentours. Le diable était présent, ce jour-là.

— C'est tout ?

— Bien oui...

— C'est pas avec ça qu'on va pouvoir résoudre le mystère de l'épée, dit Anna.

— De quelle épée parlez-vous ? demanda leur hôtesse aux multiples piercings.

— Une épée de rien du tout, s'empressa de répondre Éric.

— Il ne serait pas question de l'épée de Witham, celle qu'on a retrouvée dans la rivière ?

— Vous... Vous êtes au courant ? balbutia Anna.

— Celle avec les inscriptions que personne ne comprend ? continua la jeune fille.

— Oui, sauf que nous on sait ce qu'elles veulent dire ! répondit Éric un peu trop vite. Décidément il n'en loupait pas une et pour l'occasion, il reçut un coup de pied peu discret de la part d'Anna, ce qui amusa beaucoup Douglas.

La jeune fille les observa un petit moment tous les trois, d'une façon qui les mit mal à l'aise. Son intérêt pour le magazine *People* avait totalement disparu.

— Vous êtes vraiment du musée de Roskilde ? reprit-elle.

— Oui... Répondit Douglas.

— Mais pas vous, lui dit-elle, en le dévisageant avec son regard noir.

— Non, moi je suis... moine...

— Je ne savais pas que les moines portaient de l'Armani !

— C'est à dire que je ne suis moine qu'à mi-temps...

— Arrête Douglas ! interrompit Anna. Tu vois bien que tu n'es pas crédible ! Dis-lui pour quelle administration tu travailles !

— Mais... je... bon... J'appartiens aux services de sa...

— ... au service de sécurité de l'ambassade du Danemark, s'empressa d'ajouter Anna en tendant son passeport danois.

La jeune fille feuilleta le passeport d'Anna très attentivement.

— C'est pas plutôt des drakkars qu'on trouve à Roskilde ?

— Si, si bien sûr, mais on fait aussi d'autres choses.

Anna avait sorti de son sac une coupure de journal qui titrait sur les exploits de la guerrière de Roskilde et sur laquelle on pouvait voir une photo d'Éric projetant le grand Maître au sol.

— Je ne comprends pas le danois...

— Ça dit que...

Mais Éric ne put terminer sa phrase...

— Te fatigue pas, je suis au courant... On a entendu parler du show de Roskilde avec ses combats super réalistes et tout le tralala... D'ailleurs le dernier a très impressionné mon oncle.

— Votre oncle ?

— Mon oncle est conseiller historique pour les films, il est aussi le doyen de l'université. Il devait rencontrer le directeur du musée dans le cadre de son travail, alors il a eu la chance d'assister au dernier spectacle.

— Euh... La pyrotechnie était très expérimentale... S'excusa Anna en lançant un regard inquiet vers Éric.

— Eh bien pour mon oncle c'était tellement impressionnant qu'il n'a pas arrêté en cours de nous bassiner avec votre spectacle... Alors c'est toi la fameuse guerrière de Roskilde et toi tu es Odin ou Thor, je ne sais pas trop ?

— Oui, comme tu peux voir sur la photo...

La jeune fille semblait tout à coup plus sympathique et moins suspicieuse...

— Pourquoi avez-vous besoin d'un garde du corps ? Vous n'êtes pas capable de vous défendre tout seul ?

Douglas voulut commencer à répondre mais Anna ne lui en laissa pas le temps.

— Douglas est avant tout un ami, il est anglais et nous pilote pendant notre voyage chez vous.

— Oui c'est cela, répondit Douglas en ajustant sa cravate. Décidément, il faisait tâche dans le décor.

— Et que savez-vous à propos de ce brouillard venu de l'enfer ? continua Anna.

La jeune fille plongea ses yeux cerclés de noir dans le vert de ceux d'Anna et aucune lueur bleue ne vint trahir ses émotions cette fois-ci. Puis satisfaite de ce qu'elle perçut, elle continua.

— Vous allez croire que les gens par ici sont un peu simplets...

— Mais non, les légendes appartiennent au contexte de l'époque, il faut les décrypter, voilà tout!

— On raconte qu'avant la bataille de Lincoln, celle de 1141 bien sûr, pas l'autre, on y a vu les signes d'une malédiction.

— Certainement quelque chose que la science pourrait justifier aujourd'hui. Au Moyen Âge, c'était monnaie courante de tout mettre sur le dos de Dieu ou du Diable à chaque fois qu'on ne pouvait expliquer un phénomène, lança Douglas.

— Vous êtes un moine? ou bien un garde du corps?

— Euh en fait, j'ai été moine, vraiment, mais je sais que ma reconversion dans la sécurité peut paraître surprenante, répondit Douglas qui ne savait plus trop comment se dépêtrer des questions de la jeune fille.

— Pourquoi pas... C'est votre choix. Je disais donc qu'on avait vu une malédiction lorsque la bougie du roi s'était éteinte, lors de la procession de la chandeleur.

— C'est idiot! N'importe quel souffle peut éteindre la flamme d'une bougie, affirma Éric en levant les yeux au ciel.

— Peut-être, mais le fait est que cela se soit passé juste avant la bataille et pendant une manifestation religieuse, il n'en faut pas plus aux gens pour y voir un mauvais signe.

— Et cela expliquerait la perte de la bataille par le roi?

— Eh bien, cela peut expliquer pourquoi certains comtes auraient fui ou la désertion de soldats... Mais je pense qu'ils avaient plus intérêt à rejoindre Mathilde que de défendre le roi... C'est toujours une question d'argent ou de pouvoir...

— ...

— De toute façon il aurait perdu !

— Hein ? Mais pourquoi ?

— Il a fait l'erreur de sortir pour combattre en dehors du château alors que son ennemi était mille fois plus nombreux que lui ! Il aurait pu subir un siège sans problème.

— Et le rapport avec le brouillard ?

— Bien, c'est là où ça devient bizarre. Le brouillard est apparu après qu'il se soit rendu ou qu'il fut fait prisonnier. C'est très clair dans les histoires qu'on raconte ici. C'est comme si des forces obscures s'étaient libérées parce qu'il avait été capturé. Il n'en faut pas plus pour penser qu'il était maudit... ou qu'il avait pactisé.

— Et l'épée du roi ? demanda Éric. Qu'est-elle devenue ?

— Là aussi, c'est pas clair du tout... Normalement l'épée du roi passe au successeur, l'héritier ou le vainqueur, c'est un trophée et un symbole du pouvoir.

— Et là, non ?

— Euh... L'épée a disparu et personne ne sait où elle est passée. Elle aurait été perdue sur le champ de bataille ! Enfin c'est ce qu'on dit.

— C'est ce qu'on dit ? Il y a une autre version ?

— Attends Anna, lorsque j'étais au pub, un type a raconté qu'Étienne, le roi Étienne était maudit, que son père l'était tout autant à cause de sa lâcheté pendant les croisades et qu'il aurait fait un pacte avec le Diable.

— Ce sont des bêtises de comptoirs... Le père du roi avait été en croisade et s'était arrêté devant la ville d'Antioche. Il avait vu les croisés tomber comme des mouches et jugea qu'on ne pourrait pas prendre la citadelle en étant si peu nombreux. Il fit alors demi-tour. Sauf que, pas de bol pour lui, les croisés ont réussi quand même à faire tomber la ville et c'est ainsi qu'il fût accusé de lâcheté.

— Oui pas de bol... Mais que lui est-il arrivé ?

— Et bien il s'est fait engueuler par sa femme à son retour... Bon il faut dire qu'elle descendait directement de Charlemagne, ça n'aide pas. Elle lui a ordonné de retourner en croisade pour laver son honneur et il y est resté.

— Et c'est pour ça que son fils Étienne a commis l'imprudence de sortir du château... Pour ne pas souiller l'honneur de son père ou de sa famille ! termina Éric qui se trouva fort brillant dans son analyse.

— Oui, ça a certainement contribué...

— Et qu'est-il arrivé à Étienne ?

— OOOH ! C'est toujours la même histoire... Il a été capturé puis libéré moyennant le paiement d'une rançon importante, comme pour tous les rois !

— Ah ? Et il lui est arrivé d'autres trucs ?

— Bien non, je ne crois pas… L'histoire dit juste qu'il a été un contributeur très actif de l'ordre des templiers. Après je ne vois pas…

— L'ordre des Templiers ? Mais pourquoi dit-on qu'ils sont maudits alors ? Il n'y a rien de maudit dans cette histoire !

— Une épée de roi ne disparaît pas comme ça ! Surtout lorsqu'on lui confère des propriétés exceptionnelles !

— Des propriétés exceptionnelles ?

— Oui dans certains récits, il est dit que le roi se battait bien mais que son épée faisait la différence. On disait qu'aucune armure ne lui résistait.

— Donc… pour toi, si on lit entre les lignes, le seul fait extraordinaire est que cette épée soit plus solide que les autres ?

— Non, il faut que vous compreniez qu'aucune épée au Moyen Âge n'est capable de fendre un bouclier en métal ou transpercer une côte de maille sans se briser. Le métal de cette époque n'est pas de bonne qualité, il faudrait que les épées soient en acier trempé ou en tout cas réalisée avec des techniques d'aujourd'hui pour parvenir à cet exploit !

— D'accord admettons, mais cela n'en fait pas pour autant un instrument diabolique !

— Tu as raison, Anna, mais admet quand même que c'est une épée hors du commun !

— OK, mais alors d'où vient-elle ?

— De son père ! Du père d'Étienne ! L'épée lui vient de son père lorsqu'il est mort !

— Quand sa dépouille est revenue des croisades ?

— Oui forcément, on lui a remis l'épée de son père.

— Et lui, de qui la tenait-il ?

— Je n'en sais rien, mon oncle dans ses cours dit que lorsqu'il est revenu de croisade la première fois, sa femme Adèle... Qui était quand même la fille de *Guillaume le Conquérant*, c'est pas rien... Elle lui a mis une telle pression que c'était devenu pour lui une obsession de revenir victorieux. Elle lui a fichu la honte à mort !

— ... à mort comme tu dis...

— Donc pour être certain de sa victoire, il se serait procuré de nouvelles armes plus performantes...

— Hum, j'aurais fait pareil, reprit Douglas.

— Et où aurait-il eu ces armes ? Demanda Éric.

— Au supermarché du coin ! Comment voulez-vous que je sache, faudrait consulter ses archives personnelles !

— Euh... Très bonne idée ! Elles sont à la bibliothèque du coin je suppose...

— Aucune chance !

— Au diocèse... Au diocèse... Mais oui, c'est là que sont archivés les documents ! Ce n'est pas loin j'y ai mes entrées ! se réjouit Douglas.

— Encore raté ! ironisa la jeune fille.

— Pourquoi ?

— Parce qu'on parle d'*Étienne II Henri*, comte de Blois... Un *frenchy*... Vos archives, elles sont en France !

— Chouette ! On va devoir retourner en France, je pourrai faire un crochet par la maison, s'enthousiasma Éric.

— Enfin Éric, c'est pour le boulot... Moi ça me dérange pas de faire un petit tour par chez toi mais ne crois-tu pas qu'il faudrait allez un peu plus vite?

Anna le regarda intensément en se frottant le ventre de droite à gauche... Éric comprit immédiatement ce qu'elle voulait lui dire.

— Oui tu as raison, il vaut mieux aller vite!

Le stratagème n'avait pas échappé à l'œil aiguisé de Douglas.

— Bon, il y a un truc entre vous deux c'est clair mais ce n'est pas mes affaires. Je me charge de contacter le diocèse de Blois, si vous m'y autorisez, déclara-t-il sur un ton bien trop neutre laissant entrevoir sa frustration.

— Oui s'il te plaît, Douglas, prends toutes les informations que tu peux... On t'explique tout à l'hôtel ce soir, je te l'avais promis.

Chapitre 5

Dans le bureau du professeur Christiansen, l'ambiance était studieuse ce matin-là et ce n'étaient pas les quelques rayons de soleil qui glissaient entre les pages qui auraient pu détourner Éric et Anna de leurs recherches. La petite salle de réunion adjacente avait été ouverte et toutes sortes de livres s'empilaient sur les tables.

Éric et Anna recherchaient désespérément au fil des pages des informations sur les armes des comtes de Blois. Lorsqu'ils avaient révélé leur problème à Douglas, ils avaient bien eu l'impression qu'ils obtiendraient plus rapidement des informations. Malheureusement, cela faisait déjà une semaine qu'ils n'avaient eu de nouvelles de sa part. Le professeur Christiansen avait même réussi à se procurer quelques livres en vieux français mais pour l'instant il s'arrachait les cheveux à son bureau en essayant de les traduire. Soudain le fax crépita et une feuille commença à montrer le bout de son nez.

— C'est Douglas ? fit Anna en sautant sur l'appareil.

— ...

— Euh non ! C'est une analyse de je-ne-sais-pas-quoi...

— Montre-voir ! demanda le professeur en rajustant ses lunettes.

Le professeur inspecta le document que lui tendit Anna.

— Je ne comprends rien à ce charabia !

— Mais c'est votre nom qui est noté dessus ! Et vous ne savez pas ?

— Anna, je ne suis pas chimiste !

— Vous avez demandé des analyses chimiques ? Mais sur quoi ?

— Ah... Je vois... Il s'agit de l'épée du *British Museum* que j'avais envoyée pour analyse. Le métal m'intriguait mais là, franchement je n'y comprends rien.

Le fax se remis à crépiter et cracha cette fois plusieurs pages. Le professeur entreprit de les lire pensant qu'il s'agissait certainement de l'explication de l'analyse puis après un rapide coup d'œil, les remis à Anna.

— Cette fois c'est bien Douglas ! Je te laisse la primeur...

— Oh merci ! s'exclama Anna très vite rejointe par Éric que la curiosité consumait.

Le professeur retourna à son bureau sans perdre une miette de ce que disaient les deux jeunes gens tout en s'amusant de l'enthousiasme de cette jeunesse.

— Regarde Éric, Douglas nous a fait un résumé des affaires achetées par le père du roi Étienne, avant qu'il ne reparte en croisade.

— Oui... Il est bien fait mention d'une épée achetée à Worms...

— À Worms ? Ce n'est pas au Danemark ça !

— Non c'est en Allemagne, les enfants... Et je crois même que c'est dans la vallée du Rhin !

— Mais pourquoi acheter une épée là-bas ? Les forgerons anglais n'étaient pas bons ?

— Si, si, depuis le temps que la France et l'Angleterre se font la guerre, je pense que les forgerons français ou anglais ont développé un certain savoir-faire en la matière.

— Bin alors ?

— Je ne sais pas, que dit Douglas ?

Anna entreprit d'inspecter à nouveau le fax à la recherche d'une information plus intéressante.

— ... bla-bla, bla-bla... Ah oui, il parle en fait que le père du roi Étienne était obnubilé à l'idée de posséder une épée digne de ce nom... Il aurait récupéré ou acheté une bonne dizaine d'épées à différents endroits... Il n'était pas très regardant sur la provenance ni sur la dépense, d'après ce que dit Douglas... Dans le lot, a priori, une seule a retenu son attention car visiblement il l'a payé à prix d'or.

— Et qui lui a vendu ?

— Ce n'est pas dit, c'est juste noté qu'il a acheté à un soldat brigand de Worms et Douglas a écrit « sorry ». Je pense qu'il n'a pas trouvé mieux comme information.

— Un soldat brigand ? Ça veut dire quoi, ça ? dit Éric.

— Hum... Je pense que ça doit faire allusion aux pillages de l'époque, reprit le professeur.

— Mais des soldats brigands ? Des mercenaires tu veux dire mon oncle ?

— Eh bien pas vraiment. Tu sais à l'époque certains seigneurs se comportaient comme de vrais tyrans. Il n'était pas rare d'ailleurs qu'ils aillent piller quelques villes, afin de renflouer leurs caisses. Douglas parle-t-il d'une année particulière ?

Anna parcourra à nouveau le fax rapidement...

— Non... Au niveau de « sorry » il a mis une flèche et des points d'interrogation. C'est marqué *Pierre l'Ermite* entre parenthèses...

— *Pierre l'Ermite*, ce n'est pas un nom de chevalier ! s'esclaffa Éric.

— Il ne l'est pas, c'est un ecclésiastique, reprit son oncle, c'est lui qui a mené la grande croisade des pauvres de 1096 !

— La croisade des pauvres ?

— On l'a appelée comme ça car elle était constituée pour l'essentiel de gens du peuple plus que de véritables soldats !

— Oui des fanatiques...

— Bien si je me rappelle bien... Je crois qu'à cette époque, il y a dû y avoir pas mal de famines, d'épidémies et même d'événements célestes comme des chutes de météorites ou des éclipses, enfin ce genre de choses... Du coup, il n'en fallait pas beaucoup pour que, quand le pape a appelé à la croisade, beaucoup de gens pensent que c'était un bon moyen de faire plaisir à Dieu... J'entends par là que Dieu ne leur fasse plus subir de telles misères ou racheter leurs péchés. Et donc dans cette croisade il y avait des femmes, des enfants, des familles entières...

— Et *Pierre l'Ermite* ?

— Oh lui, c'était un moine très bon orateur donc très convaincant, et ce qui était amusant c'est qu'il chevauchait un âne !

— Comment alors, le père du roi Étienne a-t-il pu se procurer une épée parmi ces gens ?

— Je pense que Douglas ne parle pas de *Pierre l'Ermite* mais de ce qui s'est passé dans son sillage...

— Je ne comprends pas, professeur !

— Anna, tu as bien parlé de soldats brigands ?

— Euh, oui...

— Je pense qu'il est question des pillages qu'il y a eu lors de la levée de cette croisade.

— Je ne vous suis plus du tout professeur...

— Hum, comment te dire... Derrière une armée, il traîne toujours des profiteurs mais dans le cas présent je crois que plusieurs troupes ont dû procéder à des massacres et des pillages sous prétexte de croisade. Or *Pierre l'Ermite* a sillonné le pays pour ramasser des candidats à la croisade. Il a commencé dans le nord et a traversé l'Allemagne je crois... Enfin cette période de l'histoire n'est pas ma spécialité.

— Ça ne nous avance pas beaucoup...

— Disons que cela nous permet d'avancer la théorie que cette épée provient de cette région... Ou d'ailleurs, car il se peut qu'elle soit passée de main en main.

— Vous voulez dire qu'il faut suivre la piste de l'épée ?

— Je le crains, Anna! Il faut suivre toutes les mains entre lesquelles elle est passée pour remonter à son origine!

— Mais ça risque d'être énorme comme travail, ça, professeur !

— Bienvenu dans mon monde! lança le professeur Christiansen avec une mine désespérée.

Soudain on frappa fort à la porte...

— Entrez! fit le professeur dans un sursaut.

La porte s'ouvrit et un gaillard de plus de deux mètres de haut, tout en muscles, apparut. Il était vêtu d'un pardessus qui lui couvrait les mollets en laissant deviner ce qui devait être une salopette en grosse toile marron. Sa casquette plate en cuir cachait un crâne rasé et le col rouge à carreaux d'une chemise de bûcheron dissimulait maladroitement ce qui devait être un tatouage d'art tribal ou viking.

Le géant fit deux pas dans la pièce et glissa la main à l'intérieur de son pardessus d'où il sortit une épée tout en se mettant en garde... Puis s'agenouilla en tendant l'épée vers le professeur comme s'il prêtait allégeance.

— Bonjour, je suis maître Adelsen et je suis à votre service...

Le professeur estomaqué se tourna vers Éric et Anna.

— C'est quelque chose qui a à voir avec le Grand Maître?

— Non, non Professeur! répondirent immédiatement en cœur les deux jeunes gens...

— Mais alors qui êtes-vous?

— Je suis maître Adelsen, maître forgeron, mais vous pouvez m'appeler Jon ! Enchanté professeur !

Le géant s'était relevé et tendait la main en direction du professeur qui à l'idée que cette énorme paluche lui brise les doigts, n'en menait pas large. Il répondit tout de même à son invitation. Contre toute attente, ce fût plutôt une poignée de main chaleureuse et douce qui s'offrit à lui.

— Vous êtes maître forgeron ?

— Oui c'est cela... Une certaine Anne Thorsen m'a dit de venir vous voir pour finaliser avec vous la commande et je suis venu avec un échantillon. Dit-il en tendant l'épée. Le professeur prit l'arme dans les mains et l'inspecta avec minutie...

— Eh bien, il s'agit d'une très belle épée, je vous félicite, j'ai rarement vu pareille qualité. Vous avez mis une inscription ?

— Oui... En fait il s'agit d'une copie d'une épée Ulfberht, j'ai pensé que ce serait mieux.

— Ulfberht ? Je ne connais pas...

— Ah oui... Mademoiselle Thorsen m'a averti que vous ne connaissiez pas grand-chose aux épées et que vous étiez spécialisé dans les drakkars... C'est pas mal aussi les bateaux !

Le professeur Christiansen ne savait pas s'il devait en être vexé ou au contraire flatté mais il laissa apparaître une expression d'étonnement sur son visage ce qui déstabilisa son interlocuteur. Puis il se dit qu'un gaillard comme ça, avec une grande douceur dans la poigne ne pouvait pas être méchant, d'autant que le sourire insistant qu'arborait le forgeron lui donnait plutôt l'impression qu'on se moquait de lui... Il soupçonna alors un «coup monté» par les jeunes... Le forgeron poursuivit néanmoins son explication.

— Euh... Ah oui! Pour l'épée, on l'appelle Ulfberht tout simplement parce que c'est l'inscription qu'elle porte sur la lame.

— Mais dites-moi cher ami, vous êtes bien maître forgeron... lui dit-il en confiant l'épée Ulfberht à Anna qui se mit elle aussi à la regarder de plus près.

— Oui tout à fait, je vous l'ai déjà dit, pourquoi?

— Cela signifie-t-il que vous avez étudié les métaux?

— Bien sûr, où voulez-vous en venir?

— La chimie des métaux?

— Évidemment...

— Toute la chimie? hum?

En disant cela, le professeur lui agitait sous le nez la feuille contenant les résultats d'analyse de l'épée du *British Museum*, et ce, d'une telle manière que le géant fût énervé et lui ôta la feuille des mains.

— Eh bien oui, c'est une analyse chimique d'un métal, pour une épée et... et il y a même un coefficient de résistance!

— Parfait!

— Vous plaisantez?

— Non pourquoi?

— Anna Thorsen m'avait prévenu que vous ne connaissiez rien aux épées mais vous me montrez l'analyse d'une véritable Ulfberht.

— Jon, s'il vous plaît, je suis Anna Thorsen. Le professeur n'est pas connaisseur, nous ne savions même pas qu'il s'agissait d'une épée Ulfberht. Et... Je suis responsable de ce quiproquo, je n'avais pas prévenu le professeur de votre arrivée. Aussi je vous prie de nous excuser...

— Bien, bien, ce n'est rien ! dit-il en replongeant les yeux dans les chiffres.

— Comment voyez-vous dans cette analyse qu'il s'agit d'une épée Ulfberht ?

— Eh bien voyez-vous, ces épées sont extraordinaires. Elles possèdent des propriétés que même aujourd'hui il est impossible de reproduire !

— Vous voulez dire qu'il était impossible qu'elles aient été forgées au Moyen Âge ?

Le géant leur montra plus précisément les valeurs dans le tableau de l'analyse.

— Regardez, ici figure le nombre de « scories » et là le taux de carbone. Ce sont deux valeurs qui permettent de dire si le métal est pur et résistant.

— Ah ?

— Oui, plus le nombre de scories est faible et plus le métal est exempt d'impuretés. Plus le taux de carbone est élevé et plus l'épée est résistante.

— Et là les valeurs indiquées sont nulles pour les scories... Alors c'est très bon ?

— Oui c'est incroyable, c'est du jamais vu ! Où est cette épée, je veux la voir ! Elle existe ? N'est-ce pas ?

— Oui, oui bien sûr mais pourquoi en doutez-vous ?

— Parce que les valeurs que vous me montrez sont en théorie impossible à obtenir... Surtout pour l'époque !

— Vous voulez dire que cette épée ne devrait pas exister !

— Tout à fait professeur Christiansen ! Pour obtenir une telle qualité de métal il faut pouvoir le chauffer à plus de 1650 °C, or les techniques habituelles peuvent au mieux chauffer à 1200 °C ! C'est seulement au XVe siècle que sont apparus les premiers grands fourneaux capables d'atteindre 1600 °C et encore seulement en leur centre !

— Mais alors une épée de croisé par exemple à plus de chance d'atteindre cette perfection par rapport à une épée viking ?

— On pourrait le croire professeur, mais seules les épées Ulfberht ont ces propriétés et jamais un forgeron du Moyen Âge, ni un forgeron d'aujourd'hui, n'a pu les reproduire. C'est une des raisons qui explique la circulation d'un nombre important de copies de piètre qualité portant leur inscription !

— Un marché de la contrefaçon au temps des vikings en sommes...

— Oui tout à fait ! Graver l'inscription Ulfberht sur la lame c'était comme si vous aviez marqué Ferrari ou Rolls-Royce sur votre voiture aujourd'hui !

— Ah bien sûr... D'ailleurs, cette inscription... Ulfberht... Ça veut dire quoi ?

— Rien... Juste Ulfberht... C'est soit le nom du forgeron originel soit une marque de fabrique... On ne sait pas trop à vrai dire ! Mais vous pouvez me montrer cette épée ?

Le professeur Christiansen pris un tube en métal qui était posé le long de son coffre et en sorti l'épée de Witham qu'il tendit à Jon.

— La voici mon brave, faites-vous plaisir !

Le forgeron surpris de voir une épée médiévale hésita puis la saisit et l'inspecta sous toutes ses coutures.

— Surprenant ! Ce n'est pas une épée viking, elle est bien trop grande et pourtant elle a été forgée par un viking ou du moins un forgeron qui connaît parfaitement la technique viking. Vous voyez, ici, au niveau de la poignée, c'est caractéristique.

— Oui je l'avais déjà remarqué...

— Et son poids, on s'attendrait à ce qu'elle soit beaucoup plus lourde...

— ...

— D'où vient-elle, si je puis me permettre, professeur ?

— Elle nous a été prêtée par le *British Museum*...

— Elle a été trouvée en Angleterre donc !

— Oui...

— Curieux, j'aurai pensé qu'elle proviendrait d'Allemagne...

— D'Allemagne ? De Worms peut-être ? tenta Anna.

— Worms ? Je ne sais pas où c'est ! Mais si c'est la région de Francfort, pourquoi pas !

— La région de Francfort ? Pourquoi cette région en particulier ?

— Regardez ici, dit-il en montrant une ligne dans le tableau sur la feuille.

— De l'arsenic ? Du poison ? En plus il y en a pas mal !

— En fait, à une telle quantité, vous ne pouvez en trouver que dans deux endroits dans le monde ! La région du Taunus en Allemagne près de Francfort et au Moyen Orient sur la route de la Volga.

— Les vikings ne sont jamais allés au Moyen Orient !

— Détrompez-vous, mademoiselle, les vikings sont allés partout, même aux Amériques ! Et ils faisaient aussi du commerce au Moyen Orient ! Ils auraient très bien pu ramener du fer de là-bas, mais j'en doute !

— Pourquoi cela ?

— Eh bien c'est bien plus pratique d'aller se servir à côté, à Francfort que d'aller au Moyen Orient pour ramener des kilos de métal ! Enfin moi c'est ce que j'aurais fait !

— Vous avez parfaitement raison, mon cher Jon, répondit Christiansen. Il aurait été très périlleux d'entreprendre un tel voyage, des milliers de kilomètres pour du métal... Et surtout prendre le risque de tout perdre à cause des pillages.

— Donc si je comprends bien, cette épée a été très certainement forgée vers Francfort ?

— Tout à fait mademoiselle, fit le géant dans un hochement de tête.

Éric avait déjà entrepris de rechercher la zone sur une carte de l'Europe. Worms se situait donc sur le Rhin pas très loin de Francfort... L'histoire du forgeron croisait bien les informations données par Douglas.

— Professeur, regardez! dit-il en pointant la ville de Worms sur une carte.

— Oui et bien?

— Worms et Francfort sont juste à côté!

— Et alors?

— Et alors, nous devons y aller!

— Non! C'est partir à l'aveuglette! Nous ne savons pas si cette épée provient de Worms ou Francfort. Comme je l'ai dit tout à l'heure, elle a pu passer de main en main et venir de n'importe-où ailleurs.

— Euh si je peux me permettre professeur, la chose certaine c'est qu'elle a été forgée là-bas! reprit le forgeron.

— Vous le colosse, on ne vous a rien demandé! s'agaça le professeur.

— Oulala! Débrouillez-vous alors!

— Désolé monsieur Adelsen, ce n'est pas contre vous, excusez-moi, mais vous ne connaissez pas ces deux jeunes gens. Je vois les problèmes arriver à la vitesse de la lumière.

— Enfin professeur vous exagérez! Si vous m'autorisez à prendre le bâton, nous n'aurions qu'à faire l'aller-retour en un instant.

— ANNA NON! Je t'ai déjà dit que le bâton était dangereux et tant que nous n'aurions pas compris son fonctionnement, il resterait dans mon coffre.

— Enfin professeur, je sais le faire fonctionner moi!

— Non Anna, n'insiste plus, tu vas finir par me mettre franchement en colère! Tu te comportes comme une gamine de douze ans!

Anna vexée ne dit plus un mot. Jon Adelsen ne comprit pas vraiment ce qui venait de se passer mais par prudence il demanda discrètement à Éric ce qu'était ce mystérieux bâton. Celui-ci lui répondit par un signe que ce n'était pas vraiment le moment d'aborder le sujet. Le forgeron n'insista pas. Puis le professeur s'adressa à Éric.

— Est-ce que Solingen est loin de Francfort?

— Solingen?

— Oui Solingen! C'est une ville qui est réputée pour ses lames de couteaux.

— Euh, à vue de nez... C'est au-dessus de Cologne... Hum, je dirais à peu près 200 kilomètres de Worms, mon oncle. Mais pourquoi ça?

— Au lieu d'aller à Worms, vous irez en train à Solingen!

— Pourquoi Solingen?

— Parce qu'il y a là-bas un musée qui m'a contacté pour me prêter une épée. J'ai d'ailleurs refusé car c'était une épée médiévale.

— Et alors?

— Alors, c'est un musée spécialisé dans la fabrication d'épées... Ils doivent en connaître un bout sur leur fabrication et leur origine.

— Et tu penses qu'ils pourraient avoir des informations ?

— Certainement ! En tout cas, ils seront de bien meilleur conseil que d'aller à la pêche aux infos à Worms ou Francfort.

— Pourtant cela nous a réussi la dernière fois !

— La dernière fois, Éric, il y avait Douglas ! Cette fois vous n'aurez personne. Je préférerais vous savoir dans un musée plutôt que perdus en pays teuton.

— Enfin tu sais très bien que pour moi la langue n'est pas un problème.

— Je sais Éric, je sais... Mais il faut agir en scientifique. Il est fort probable que le musée de Solingen soit à même de nous fournir les informations que l'on cherche et qui soient vérifiables et sûres ! Pas comme des rumeurs de bars ou les histoires farfelues d'une jeune punk !

— Tu exagères, elle était en fac d'histoire...

Éric préféra arrêter la discussion voyant que son oncle devenait un poil irrationnel. Il y eut ensuite un silence pas très confortable qui ne perdura pas car Anna se décida à sortir de son mutisme.

— Professeur ! Si nous partons au musée de Solingen, il faudra bien leur montrer l'épée !

Le professeur Christiansen s'angoissait déjà à l'idée d'envoyer les deux jeunes gens à Solingen alors la demande d'Anna le mit encore un peu plus mal à l'aise.

— Oui et bien ça, je ne suis pas sûr que cela soit possible. Il faudra faire autrement.

— Oui c'est vrai ! Après tout je ne suis qu'une gamine de douze ans totalement irresponsable !

Anna sortit prestement du bureau et claqua la porte violemment ce qui fit même sursauter ce grand gaillard d'Adelsen. Le forgeron et Éric se sentirent un peu idiot face à cette situation. Puis le professeur reprit la conversation sur des notes plus sympathiques.

— Monsieur Adelsen, voulez-vous que nous voyions ensembles comment finaliser notre accord ? demanda alors le professeur Christiansen.

— Euh oui bien sûr... Certainement... Enfin si c'est le bon moment...

— Ne vous inquiétez pas monsieur Adelsen... Enfin Jon. Anna est une jeune femme qui a du caractère. Elle est impulsive mais elle est aussi très intelligente. Elle comprendra.

Éric sentit qu'il n'était plus très opportun de rester dans le bureau. Aussi il choisit de s'éclipser discrètement tout en ayant pris soin de glisser un mot sympathique à l'oreille de Jon. Puis il fila rejoindre Anna qui devait certainement maugréer dans sa chambre.

Chapitre 6

La soirée avait été houleuse. Anna n'avait pas digéré que le professeur la prenne pour une gamine irresponsable, elle, la grande guerrière de Roskilde. Éric avait eu beau user de tous les arguments possibles rien n'y faisait. Anna restait campée sur ses positions refusant même l'idée que le professeur puisse s'inquiéter pour eux. Néanmoins, Éric n'en revenait toujours pas de s'être laissé entraîner à cambrioler le bureau de son oncle.

— Franchement Anna, c'est pas *fair-play* !

— Tais-toi Éric tu vas attirer l'attention du vigile !

— Non mais quand même... Ce n'est franchement pas *cool*. Tu crois qu'après ça il va continuer à nous faire confiance ?

— Je m'en fiche... Ça lui apprendra à me prendre pour une morveuse.

— Calme-toi Anna, tu sais très bien que c'est pas ça le problème.

— Oui, tu me l'as déjà dit, il s'inquiète pour nous ! Eh bien c'est pas une raison pour être odieux avec moi !

— Vraiment, tu t'énerves pour rien !

— Éric, on va récupérer l'épée et le bâton et on lui montrera que tout s'est bien passé et comme ça il sera rassuré et arrêtera de NOUS prendre pour des gamins débiles! Sinon il ne changera jamais!

— Oui tu as sans doute raison... Il doit voir que nous ne sommes plus des gamins...

Anna et Éric étaient cachés derrière le comptoir du restaurant. Seul endroit que le vigile ne vérifierait pas pendant sa ronde. Le bâtiment administratif et le restaurant étaient reliés par une sorte de porche extérieur de sorte que leurs portes respectives se faisaient face. De l'extérieur, le faisceau de la lampe torche du gardien éclairait une à une chaque ouverture, sans doute pour repérer une éventuelle fenêtre laissée ouverte. Puis la silhouette du vigile se présenta à la porte vitrée du restaurant. Le rayon de lumière se promenait maintenant dans la pièce, glissant de table en table et longeant les coins et les recoins s'arrêtant par moment sur les objets.

— Pourvu qu'il n'entre pas...

— Tu t'inquiètes pour rien, Éric! Il n'entre jamais! Pour ça il faut qu'il ait une bonne raison!

— Et deux idiots derrière le comptoir, ce n'est pas une bonne raison d'après toi?

— Calme-toi! De là où il est, il ne peut pas nous voir.

— Tu parles, facile à dire.

— Tu vas voir, dans un instant il va se retourner et faire la même chose avec la porte des bureaux en face. Je l'ai déjà vu faire. Après, il va entrer et inspecter chaque bureau... Quand il aura fini, il partira et nous serons alors tranquille.

Le vigile se retourna et passa sa lampe à la surface de la porte vitrée opposée, comme l'avait dit Anna. Le faisceau se balada quelques minutes dans le couloir puis le vigile commença son rituel. Il vérifiait d'abord que la porte était bien fermée, puis il notait sur son petit carnet l'heure à laquelle il entrait dans le bureau, puis il ouvrait la porte avec son passe et inspectait la pièce. Une fois sa visite terminée, il re-verrouillait la porte derrière lui et passait au bureau suivant. Parfois il notait quelques mots sur son carnet mais il ne s'attardait guère.

— C'est long Anna !

— Oui je sais. Depuis l'histoire avec l'ancien directeur, le commissaire Anders avait suggéré de renforcer la sécurité. Du coup ton oncle l'a fait.

— D'accord mais là ça fait bien 10 minutes qu'il est entré dans le bureau de mon oncle, c'est suspect !

— Mais non ! il doit aussi inspecter la petite salle de réunion concomitante... Quel pleutre tu fais !

— Moi je te dis qu'il faut lâcher l'affaire, on a dû se faire repérer !

— Mais quel trouillard ! Dis plutôt que t'as peur de te faire engueuler par ton oncle !

— Oui ! Il y a un peu de ça aussi...

À ces mots, le vigile sortit du bureau et referma la porte. Il griffonna quelque chose sur son carnet puis prit la direction de la sortie, re-verrouilla la porte d'entrée et se dirigea ensuite vers les ateliers de l'autre côté du pont qui menait au musée. Les deux jeunes gens attendirent encore quelques instants, le temps que le vigile soit suffisamment éloigné puis ils sortirent de leur cachette. Anna referma la porte du restaurant derrière eux et une fois sous le porche, elle utilisa à nouveau son passe pour ouvrir la porte du bâtiment administratif.

Ils se faufilèrent alors dans le couloir jusqu'à la porte du bureau du professeur. Au moment où elle s'apprêtait à introduire la clef dans la serrure, Éric lui saisit subitement la main.

— Qu'est-ce qui se passe ? souffla Anna redoutant la présence du vigile.

— Tu es certaine, Anna ? Une fois dedans c'est fichu quoiqu'il arrive !

— Fichu ?

— Eh bien, il finira par le savoir et nous perdrons sa confiance...

— Ou pas ! Je te l'ai déjà dit, Éric. C'est la seule manière pour nous de lui montrer qu'on n'est plus des gosses... Après il pourra nous faire confiance.

— ...

— Maintenant, tu peux aussi retourner à l'appart et m'attendre avec un bon verre d'hydromel. Je ne t'en voudrais pas.

Il lui répondit par un sourire effacé en lui lâchant la main. Ils pénétrèrent alors dans le Saint des saints et Éric se précipita sur les stores pour les refermer.

— Arrête ! C'est inutile ! lui lança Anna.

— Mais on risque de nous voir !

— Oui mais si on tire les stores ça va faire suspect.

— Ça ne risque rien avec nos lampes ?

— Si mais on va les éteindre ! Regarde dehors !

La chance était avec eux ! Une lune bien ronde rayonnait au milieu d'un ciel parsemé d'étoiles. La lueur de l'astre était telle qu'on y voyait assez. Une fois leurs yeux habitués à cette lumière tamisée, Anna sortit un morceau de cuir replié qu'elle avait dissimulé dans sa veste.

— Tiens prends ça !

— C'est quoi ?

— Une housse en cuir pour l'épée !

— Et j'en fais quoi ?

— Tu es stupide ou c'est le stress qui t'empêche de réfléchir ? Moi, je m'occupe du coffre.

— Ah pour l'épée ! Oui, oui...

Éric ouvrit délicatement le tube métallique qui campait le long du coffre et sortit l'épée qu'il déposa doucement sur le bureau. La clarté de l'astre mort faisait reluire la lame d'une façon magique. Éric ne put alors s'empêcher de glisser son doigt sur l'inscription lorsqu'il ressentit une profonde douleur à l'abdomen. Il lâcha un cri immédiatement étouffé...

— Qu'est-ce qui se passe Éric ? Ça ne va pas ?

— Je ne sais pas... J'ai touché l'épée et maintenant ça me brûle...

— Ça te brûle ?

— Oui au ventre !

— Soulève ton T-shirt !

Éric s'exécuta et laissa entrevoir sa cicatrice. Celle-ci était encore plus horrible que la dernière fois. À certains endroits du sang commençait à suinter et quelques jets de lumière bleue s'échappaient des entailles les plus profondes. Le pouvoir de guérison d'Éric était toujours à l'œuvre. Son corps se défendait.

— Éric, franchement, je me demande s'il ne faut pas allez à l'hôpital !

— Non !

— Mais regarde ton pouvoir ne suffit plus à te guérir !

— Je sais ! Ça a un rapport avec cette épée ! Il faut absolument savoir d'où elle vient et quelle sorcellerie elle renferme !

Anna ne répondit rien mais elle glissa elle-même l'épée dans la housse en cuir qu'elle déposa loin d'Éric.

— Éric ! J'ai besoin de six chiffres pour la combinaison du coffre !

— Tu as essayé avec sa date de naissance ?

— Oui j'ai mis sa date de naissance à l'endroit ou à l'envers, puis celle de ta tante mais ça ne marche pas !

— Tu as essayé avec la date de naissance de Mia ou Niels ?

— Tes cousins ? Euh oui ça aussi ça ne marche pas ! Tu ne penses pas que c'est la date de mariage ou de rencontre avec ta tante ?

— Aucune chance... Mon oncle n'a aucune mémoire pour les dates, alors je doute qu'il se souvienne d'une date de mariage et encore moins d'une date de rencontre...

— Le comble pour un professeur d'histoire et archéologue de métier!

— Oui ça doit être drôlement handicapant!

— Regarde voir s'il n'y aurait pas un post-it ou petit carnet ou un papier avec le code inscrit quelque part!

Éric entreprit alors de fouiller le bureau. Il tira tous les tiroirs, feuilleta tout ce qui ressemblait à un agenda ou un carnet mais il ne trouva rien, absolument rien. Il regarda même sous le set de bureau et le téléphone... Rien de rien, même sous les tiroirs.

— Ce n'est pas possible! Le professeur est une vraie tête de linotte, ça ne doit pas être compliqué!

— Il nous reste plus qu'à faire toutes les combinaisons... Après tout il n'y a que six chiffres.

— Mais on va y passer toute la nuit!

— Es-tu certaine au moins que le bâton est à l'intérieur?

Anna posa sa main sur le coffre et ses yeux s'illuminèrent de bleu.

— Oui, il n'y a pas à tortiller, je le ressens très bien!

— Bon, procédons par ordre, laisse-moi essayer... 0.0.0.0.0.0... non! 0.0.0.0.0.1... Non! 0.0.0.0.0.2 zut non...

— Grrr! Il m'énerve ton oncle! Il déteste les chiffres, il les a en horreur! Il ne peut même pas les voir sur sa montre! Pourquoi n'aurait-il pas mis un truc tout simple comme 1.2.3.4.5.6!

1... 2... 3... 4... 5... et 6.... Clic! Un petit bruit métallique se fit entendre et le témoin de verrouillage sur le coffre passa au vert.

— C'est pas vrai!

— Bien oui, c'est bien mon oncle! fit Éric avec une pointe d'ironie en ouvrant la porte du coffre.

Au milieu de quelques papiers et quelques liasses d'argent liquide, enroulé dans un chiffon certainement emprunté au restaurant, le bâton prenait toute la place. Anna s'en saisit et retira le chiffon. Le bâton n'avait pas changé depuis la dernière fois, puis les yeux d'Anna se mirent à briller d'un bleu azur.

— Non Anna! Ce n'est pas le moment!

— Éric, je veux juste voir s'il fonctionne encore!

— Non! Anna, non!

Trop tard! Anna l'avait activé et le panneau de contrôle inonda la pièce. Comme la dernière fois, la représentation holographique des planètes et des boutons de contrôle semblaient flotter dans les airs et Anna commença à manipuler les objets lumineux.

Elle passa en revue les différentes planètes du système solaire et feuilleta les plans de saut, puis elle commença à programmer un voyage.

— Anna! Tu as promis de ne pas l'utiliser!

— Mais juste un petit aller-retour à Worms en 1134... Comme ça on sera fixé!

— Tu n'y penses pas! Rappelle-toi ce qu'a dit mon oncle! On risque de se retrouver en plein pillage au milieu de soldats brigands!

— Eh bien tu nous protégeras !

Elle ajusta la date sur le contrôleur et les runes affichèrent les informations du voyage. Puis soudain elle désactiva le bâton. Ses yeux étaient encore lumineux lorsqu'elle s'adressa à Éric.

— Tu as réellement cru que nous allions sauter ?

— Euh... Tu es parfois un peu... Impulsive...

— Impulsive ? Non seulement mon patron me prend pour une gamine irresponsable et maintenant mon petit ami me traite de nana impulsive !

— Ce n'est pas ce que j'ai voulu dire, Anna.

— Si, si ! C'est exactement ce que tu as voulu dire ! Mais ça ne me dérange pas !

— Ça ne te dérange pas ?

— Ça ne me dérange pas car ça fait partie de mes TRÈS NOMBREUSES qualités. Charlot !

— C'était pour me tester ! Tu voulais me tester ! Tu as fait tout ça pour me foutre la trouille !

— Oui ! On va dire que c'est ma petite vengeance personnelle pour tous les problèmes que tu me causes !

— Des problèmes ? Quels problèmes ?

— Eh bien que je sois obligée de réparer tes idioties d'abord ! Ensuite que je doive me taper toute la comptabilité du musée en même temps que de préparer mes partiels à la fac... Et le pire de tout... Que tu as vidé ma dernière bouteille d'hydromel sans me le dire !

— Euh... l'hydromel, pour ma défense...

— Chut !

Anna s'accroupit brusquement derrière le bureau, immédiatement imité par Éric.

— Qu'est-ce qui se passe ?

— Le vigile ! Il est revenu !

Effectivement, le jet de lumière de la lampe du vigile vagabondait maintenant le long des fenêtres du bâtiment.

— Merde… Mais pourquoi est-il revenu ?

— Je pense qu'il a dû remarquer la lumière émise par le bâton !

— On est fichu…

— On peut encore s'évaporer, tu sais ! On a le bâton !

— Non, non…

— Je plaisante… Idiot ! Un voyage même à la va-vite, ça se prépare ! Je ne suis pas folle !

— Ça je le sais bien…

En même temps une voiture venait d'arriver sur le parking et effectua un demi-tour. Ses phares balayèrent l'endroit en illuminant le bâtiment. Éric entendit alors un bruit sur la vitre d'une des fenêtres puis le faisceau de lumière du vigile passa en revue chaque meuble de la pièce.

— Il a des doutes… Il inspecte la pièce de l'extérieur…

— Il n'a pas de raison de suspecter quoi que ce soit. J'ai verrouillé toutes les portes derrière moi.

— Zut… la porte du coffre ! Il peut voir qu'elle est ouverte…

Anna rampa jusqu'au coffre et referma rapidement la porte en prenant soin de la verrouiller. Le témoin lumineux repassa au rouge. Le jet de lumière glissait maintenant le long du bureau puis atteignit le coffre. Il s'arrêta quelques instants sur la serrure puis s'éteignit. Les deux jeunes gens ne bougèrent plus le temps d'entendre le bruit des pas du vigile s'éloigner.

— Pfff... C'était moins une, souffla Éric rassuré.

— Oui, n'empêche que j'ai bien fait de le refermer il a pu voir la petite lumière rouge ce qui l'a rassuré.

— Oui c'était une bonne idée ! Mais que fais-tu ?

— Là... Tu vois je vais faire un tube avec ces feuilles de papier que je vais enrouler dans le chiffon puis je vais tout remettre au coffre !

— Mais il va s'en apercevoir !

— C'est pas certain ! De toute façon on va lui mettre un petit mot pour qu'il ne s'inquiète pas.

— Un petit mot ?

— Oui comme *Arsène Lupin*, t'inquiète, je l'ai déjà préparé...

Elle agita rapidement un bout de papier devant le nez d'Éric, sans doute écrit lorsqu'elle partit bouder dans son coin. Elle le glissa au-dessus des feuilles qu'elle enroulait maintenant dans le chiffon.

— Voilà ! S'il le découvre, il n'appellera pas la police... Il sera furieux mais c'est pas grave.

— Qu'est-ce que tu lui as écrit ?

— Chut ! C'est secret !

— Allez dis-moi...

— Un truc du genre que je n'étais pas une écervelée... Que je saurais me servir du bâton intelligemment... et que de toute façon il m'appartenait car j'avais été choisie.

— Il va être fou de rage !

— Éric, je m'en fiche...

Elle saisit à nouveau la combinaison, ouvrit la porte et plaça son bricolage à l'intérieur... Puis elle referma le tout et glissa le bâton dans une petite housse en cuir terminée par une sangle qu'elle plaça en bandoulière autour d'elle.

— Voilà... On peut partir maintenant !

Éric regarda sa montre.

— Il va falloir se dépêcher un peu, le taxi arrive dans trois quarts d'heure. On a juste le temps de récupérer nos affaires.

— Pas de problème ! Ça va l'faire. Je récupère l'épée et on est parti...

Chapitre 7

Il y a des claquements de porte qui ont des effets positifs et d'autres qui vous pourrissent la vie. Le dernier éclat d'Anna dans le bureau du professeur Christiansen avait permis de hâter leur voyage. Agacé, le professeur avait fait en sorte de se débarrasser rapidement des deux enquiquineurs de service. Aussi le secrétariat avait réussi, par on ne sait quel tour de force, à réserver les billets d'avion pour un départ le jour même, en pleine nuit, au lieu du train initialement prévu...

Après une correspondance à Francfort, Éric et Anna avaient atterri sans encombre à Cologne puis avaient attrapé un train jusqu'à Solingen. Si le voyage s'était bien passé jusque-là, leur départ avait failli se terminer au poste de police. À l'embarquement il avait fallu justifier la présence d'une vieille épée dans l'avion et Anna, têtue comme elle est, s'était fait remarquée devant l'obstination de l'agent au comptoir. Ces esclandres avaient attiré la patrouille de l'aéroport. À ce moment-là, les deux jeunes gens avaient bien cru que leur périple s'arrêterait ici. Cependant il arrive parfois que la célébrité offre aussi quelques avantages : un des policiers avait reconnu « la grande guerrière de Roskilde ». Les choses s'étaient donc arrangées gentiment et Anna avait dû faire bonne figure. Elle s'excusa d'abord devant l'employé de l'agence de voyage et se fendit de quelques autographes pour les policiers, ravis de l'occasion... Ce qu'elle trouva plutôt agréable d'ailleurs, au grand dam d'Éric, jaloux et frustré que personne n'ait reconnu en lui, le dieu Thor... Les policiers n'ayant pas assisté au dernier spectacle.

Le secrétariat à Roskilde avait réussi à leur dégoter une chambre dans le quartier de Gräfrath. Pour faire très original l'hôtel se nommait naturellement « Gräfrather Hof » et se situait à l'angle de la rue « In der Freiheit » et de « Gerberstraße ». C'était une grande bâtisse arrondie à deux étages dont les moulures et les volets vert pomme tranchaient terriblement avec la façade couverte d'ardoises grises. Malgré cette décoration un peu « kitsch », l'hôtel arborait fièrement quatre étoiles et Éric se léchait déjà les babines à l'idée de déguster un vrai petit déjeuner allemand de qualité.

Le hall semblait très moderne et plus dans les tons actuels ce qui contrastait terriblement avec la façade criante. Derrière le comptoir, un vieil homme était assis et feuilletait rapidement le *Bild-Zeitung*, certainement à la recherche d'une actualité croustillante. Anna s'approcha et s'adressa au vieux réceptionniste dans un anglais très simple.

— Bonjour, je crois que vous avez une réservation au nom d'Anna Thorsen !

Le vieux la regarda avec un tel étonnement qu'elle eut l'impression d'être prise pour un extraterrestre. Aussi elle répéta sa phrase plus lentement mais cela n'eut guère plus d'effet ! Le vieil homme demeurait tétanisé !

— Enfin Éric, fais quelque chose c'est toi le champion des langues ! lui dit-elle dans son danois natal.

— Comment veux-tu que je fasse, je ne connais pas l'allemand !

— Mais enfin, tu es capable de parler n'importe quoi !

— Oui mais pour ça, il faut que je l'entende d'abord ! Sinon ça ne marche pas !

— Tu veux dire que tant qu'il est muet, tu l'es aussi ?

— Bien oui... Désolé !

— Franchement c'est nul ton don ! T'as pas fait allemand au lycée ?

— Bien non...

— Monsieur ! Monsieur ! Avez-vous une réservation pour moi ? demanda-t-elle à l'homme cette fois-ci en danois.

L'homme restait bouche-bée... Soudain, une femme d'un âge mûr sortit d'une porte latérale que les deux jeunes gens n'avaient pas vue. Elle s'adressa alors au vieil homme dans une langue qui s'apparentait plus à du patois germanique qu'à de l'allemand traditionnel. Puis la femme se tourna vers Anna avec un sourire gêné dans un anglais très approximatif.

— Bonjour, moi cuisinière, ma fille bientôt arrive. Moi parler que allemand !

Éric eut un déclic...

— Bonjour madame, nous venons du Danemark et nous avons réservé une chambre au nom d'Anna Thorsen, lui dit-il en parfait rhénan.

La femme eut un moment d'hésitation mais c'est le vieil homme qui lui répondit dans la même langue avec un sourire si immense qu'il laissa deviner quelques trous dans sa dentition.

— Eh bien! Les jeunes d'ici ne veulent plus parler le Rhénan, ça ne les intéresse pas mais vous, jeune homme du Nord, je vous paye une bière!

— C'est déjà très exceptionnel que les jeunes allemands parlent le rhénan mais ça l'est encore plus lorsque ce sont des étrangers qui le parlent! dit la femme en dialecte.

Elle s'adressa cette fois-ci à Anna en allemand, pensant qu'elle le comprenait.

— Mademoiselle, ma fille a dû s'absenter. C'est elle qui s'occupe des réservations, elle ne va pas tarder. Je vous propose un petit déjeuner pour l'attendre?

— Oui, oui merci! reprit Éric cette fois-ci en allemand devant une Anna médusée qui ne captait absolument aucun mot.

D'un signe de la main, la femme les invita à s'installer dans la salle de restauration.

— Qu'est-ce qu'elle a dit Éric? Qu'est-ce qui se passe?

— Ne t'inquiète pas... C'est sa fille qui s'occupe des réservations et elle est partie faire une course. La dame nous a proposé un petit déjeuner en attendant.

— Et tu n'as pas dit non, je suppose?

— Euh, non… Pourquoi ?

— Pour rien, Éric, pour rien…

Une bonne heure plus tard, une jeune demoiselle à la chevelure blonde et bouclée se présenta à eux avec un charmant sourire alors qu'Éric engloutissait son troisième *Brötchen*.

— Bonjour, je m'appelle Antje et je m'occupe des réservations. Je suppose que vous êtes monsieur et madame Thorsen ?

— Euh oui, oui, pardon ! répondit Éric la bouche pleine.

— Enchantée, voici votre clé, je vous ai mis dans la chambre 21. Vous êtes au deuxième étage. Vous pouvez prendre l'escalier à droite ou bien l'ascenseur. Et si vous le souhaitez, je peux appeler quelqu'un pour monter vos bagages !

— Non, non, merci ça ira, nous n'avons pas grand-chose, c'est seulement pour quelques jours.

— Ah bien ! Vous venez du Danemark c'est cela ?

— Oui c'est cela mais mon amie ne parle pas l'allemand, uniquement l'anglais.

— Ah je vois… Enchantée madame Thorsen ! dit la jeune fille dans un anglais impeccable.

— Anna lui rendit sa politesse avec un « ouf » de soulagement, ravie d'avoir enfin compris quelque chose.

— Lorsque vous aurez terminé votre petit déjeuner, passez me voir à l'accueil pour les formalités administratives ! continua la demoiselle.

— Nous arrivons dans quelques minutes, le temps pour mon ami de finir d'engloutir toute votre réserve de *Brötchen* ! répondit Anna en lançant un regard malicieux alors qu'Éric s'apprêtait à jeter son dévolu sur un nouveau petit pain.

— Ils sont là pour ça ! S'il vous faut autre chose, une *Currywurst* par exemple, n'hésitez pas ! lui répondit-elle avec un regard appuyé, laissant comprendre qu'elle avait saisi la manœuvre au grand plaisir d'Anna.

— Une *Currywurst* ? demanda Éric.

— Oui c'est très courant ici ! fit-elle en s'éloignant…

Éric voulu demander ce que c'était que cette chose qui semblait être une spécialité locale lorsqu'il sentit le pied d'Anna lui écraser les orteils.

— Tu penses vraiment qu'à manger, toi !

— Comprends-moi ! Je suis français…

— Et alors ?

— Eh bien c'est dans nos gènes à nous les français !

— Quoi ? De manger ?

— Non ! De savourer les plaisirs de la table, de découvrir les autres pays par leur cuisine… L'art suprême de la cuisine…

— Oui c'est ça ! Fais-moi rire… En attendant, finis ce pauvre petit pain et allons-nous inscrire sur le registre de l'hôtel !

Éric s'exécuta et termina le petit *Brötchen* en deux bouchées alors qu'Anna se dirigeait déjà vers le comptoir. Elle déposa leurs passeports sur la tablette tandis qu'Antje finissait de prendre une réservation au téléphone. Puis elle leur tendit une fiche et un stylo chacun.

— Voilà je suis à vous… Voici pour vous. Remplissez seulement vos noms et adresse, je mettrai moi-même le reste.

Les deux jeunes gens remplirent précautionneusement leur fiche et voulurent rendre leurs stylos.

— Vous pouvez garder les stylos, ça vous fera un souvenir de Solingen !

— Oh Merci ! Dites, le musée de Solingen c'est loin d'ici ?

— Le musée ? Non ! À peine 500 mètres !

— Et c'est facile pour y aller ?

— Oui, oui… En fait lorsque vous sortez de l'hôtel traversez la rue pour aller en face vers la place du marché. Lorsque vous y êtes, continuez tout droit le long du *Kaffeehaus*, vous allez voir l'église évangéliste à gauche et vous allez arriver pile sur la rue *Klosterhof*. Là vous prenez à droite et vous ne pouvez pas le manquer, il sera sur votre gauche, un grand bâtiment.

— Ah euh, donc on traverse, on marche tout droit jusqu'à la rue *Klosterhof* puis on prend à droite et c'est immédiatement sur notre gauche ?

— C'est cela ! Vous avez tout compris !

Anna était médusée ! Elle ne comprenait absolument rien à ce qu'Éric et Antje venaient de se dire et ça la rendait folle. D'autant qu'Antje était très charmante et beaucoup trop jolie à son goût.

— Qu'est-ce que vous avez dit ? demanda-t-elle à Éric.

— Rien, elle m'a expliqué comment aller au musée !

— Et j'espère que tu en as profité pour lui demander les horaires d'ouverture...

— Euh non j'ai oublié...

Anna fit un signe de la main pour l'inviter à questionner à nouveau la jeune réceptionniste.

— Antje, excusez-moi encore, ne connaîtriez-vous pas les horaires du musée par hasard ?

— Oh ! Les horaires ? Oui... Qu'elle sotte je fais, bien sûr...

Antje ouvrit un tiroir duquel elle sortit un petit dépliant sur le musée...

— Je suis désolée, je n'ai pas de traduction danoise ou anglaise, je n'ai qu'un exemplaire en allemand mais je peux vous le laisser si vous voulez ?

— C'est gentil ! Il ne vous manquera pas ?

— Non pensez-vous ! D'ailleurs j'irai lundi au musée en demander d'autres !

— Pourquoi lundi ? Si vous voulez demain nous irons et nous en demanderons pour vous !

Antje souriait à Éric d'une telle manière qu'Anna eut l'impression que tous les deux roucoulaient devant elle, ce qui la faisait bouillir...

— Demain ? C'est impossible, le musée est fermé le weekend ! Et aujourd'hui nous sommes vendredi, il n'ouvre que l'après-midi de 14 heures à 17 heures.

— Mince ! Alors on ne peut le visiter que cet après-midi ?

— Oui, sauf si vous souhaitez prolonger votre séjour chez nous.

— Euh... ce n'était pas prévu à notre programme mais nous allons y réfléchir, merci Antje !

— Je vous en prie...

Antje retourna à ses occupations tandis qu'Éric voulu expliquer à Anna le problème avec le musée.

— Bon tu ne veux pas non plus lui demander son numéro de téléphone ? commença férocement Anna sans lui laisser la moindre chance d'argumenter quoi que ce soit.

— Quoi ? Tu plaisantes ?

— Moi ? Non ! Vous gloussez tous les deux devant moi et ça ne vous gêne pas !

— Glousser ?

— Glousser, roucouler, draguer... Appelle ça comme tu veux !

— Enfin Anna tu exagères, je lui ai juste demandé les horaires du musée !

— Les horaires du musée ! Ouais c'est ça...

À ces mots un jeune homme entra dans l'hôtel. Il portait un bel uniforme bleu marine de postier avec une casquette assortie et le petit liseré jaune sur le pantalon lui donnait un chic fou. L'homme se dirigea vers le comptoir. Il passa devant eux et offrit un large sourire à Anna ce qui ne passa pas inaperçu aux yeux d'Éric.

— Je pourrais tout aussi dire que tu fais du gringue à cet apollon !

— Il m'a à peine regardée !

— C'est ça ! Bien, moi je n'en fais pas tout un fromage !

La discussion s'arrêta tout net lorsque l'adonis en question enlaça Antje qui lui offrit ses lèvres en retour... Éric et Anna se sentirent alors particulièrement idiots.

— Bon... Euh... Le musée est fermé le weekend... Euh... Et si on veut y aller, il est ouvert de 14 heures à 17 heures cet après-midi... Je..

— Ah ? Bien... Euh... Parfait. Il est 11 heures bien tassé. On a le temps de déballer nos affaires et prendre une douche puis on y va ! répondit Anna sans le regarder, morte de honte qu'elle était.

Les deux jeunes gens prirent alors les escaliers pour regagner leur chambre sans un mot.

*
*   *

Les instructions d'Antje avaient été particulièrement claires, Éric et Anna avaient donc trouvé sans difficulté le *Deutsches Klingenmuseum* de *Gräfrath*.

Le bâtiment était d'un imposant style baroque rénové. Cet ancien couvent de femmes, autrefois si sombre, était maintenant devenu d'une clarté lumineuse, idéale à l'exposition des collections. L'une des particularités de ce musée était de posséder, entre autres choses, un authentique équipement de forge complet qui servait à la démonstration et un département « épées ». Plus curieusement pour un lieu dédié à la « gloire » de la coutellerie, il abritait aussi les trésors de l'archevêché de Cologne et plus particulièrement la fiole d'huile précieuse de Sainte-Catherine.

Mais ce qui intéressait au plus haut point Éric et Anna, c'était la salle des épées médiévales et en particulier une épée qui ressemblait à s'y méprendre à l'épée de Witham.

— Regarde, on dirait la sœur jumelle de la nôtre !

— Oui tu as raison, Anna, mais l'inscription sur la lame n'est pas la même.

— Et que dit la fiche, s'il te plaît ?

— Attends, c'est marqué « Épée d'Alphen ». L'épée aurait appartenu à *Henri de Bradant* dit le «guerroyeur» (1165-1235). Celle-ci aurait été perdue durant la débâcle de la bataille de Bouvine en 1214 opposant *Otton IV de Brunswick* à la France. Elle aurait été ensuite retrouvée dans les marais de la ville d'Alphen lorsqu'ils les ont asséchés… bla-bla, bla-bla… Sa parfaite conservation en fait une pièce remarquable… L'inscription qu'elle porte sur sa lame n'a à ce jour pas livré son mystère, puisque personne n'a encore réussi à la déchiffrer…

— Éric ! C'est exactement la même chose que pour l'épée de Witham ! Je suis certaine qu'elle est faite du même métal !

— Tu as certainement raison… Comme dirait mon oncle, il est impossible qu'elle soit dans cet état après avoir séjourné aussi longtemps dans l'eau !

— Il faudrait pouvoir la voir de plus près !

— Oui mais comment faire, elle est sous verre ! Mais… bonne nouvelle ! La vitre n'a pas de capteur… donc pas d'alarme ! On pourrait facilement…

— Non Éric ! Regarde il y a des surveillants ! Soyons plus intelligents, on n'a qu'à leur demander !

— Et tu crois qu'ils vont accepter ?

— Ça ne coûte rien d'essayer !

— Je te trouve bien courageux subitement !

Éric ne répondit rien mais se dirigea vers un homme en uniforme qui semblait être le gardien des lieux.

— Bonjour Monsieur !

— Bonjour jeune homme ! Que puis-je faire pour vous ?

— Eh bien nous souhaiterions voir de plus près cette épée, l'épée d'Alphen. Croyez-vous que cela soit possible ?

— Il n'est pas dans les habitudes du musée d'accéder à de telles demandes de la part du public.

— Mais c'est important ! En plus nous ne sommes là que pour le weekend !

— Ah bien pour cela, vous devez vous adresser au directeur !

— Il est là le directeur ?

— Non… Il sera peut-être là lundi… Ça dépend de l'*Oktoberfest* !

— De l'*Oktoberfest* ?

— Oui la fête de la bière !

— Je ne vois pas le rapport !

— Monsieur le directeur est à Munich pour l'*Oktoberfest* et je doute qu'il revienne sitôt lundi.

— Et personne ne pourrait examiner notre demande?

— Hum… Il y aurait bien mademoiselle Kerstin Koch mais…

— S'il vous plaît appelez-la et nous verrons bien!

— Je peux toujours essayer… Attendez ici, je reviens!

L'homme s'en alla en direction de la zone administrative tandis qu'Éric retourna auprès d'Anna.

— Alors?

— Je ne sais pas! Le directeur n'est pas là et ne sera sans doute pas là lundi. Il est allé chercher quelqu'un…

Quelques minutes plus tard, le gardien revint avec une jeune femme. C'était une grande brune aux yeux immensément bleus qui pétillaient derrière de fines lunettes en métal. Son tailleur bleu marine et son chemisier blanc en disait suffisamment sur sa position dans le musée.

— Bonjour, jeune gens! Je suis Kerstin Koch, chargée de communication auprès du musée et accessoirement directrice adjointe.

— Bonjour madame Koch, voilà nous souhaiterions voir de plus près cette épée d'Alphen et si possible la tenir en main.

— Je vous demande pardon?

— Oui nous voudrions la tenir en main!

— Mais c'est une pièce de collection très précieuse, vous n'y pensez pas!

— Je vous en prie c'est très important, nous voudrions simplement la tenir en main quelques instant.

— Je suis désolée mais il n'en est pas question ! Les pièces du musée sortent de leurs vitrines uniquement pour être nettoyées ou pour effectuer des analyses ! Vous pensez bien que le public n'a pas accès à nos épées !

— Mais…

— Maintenant si vous êtes intéressé par les épées, vous pouvez toujours rejoindre nos animations de la forge. Vous apprendrez ainsi beaucoup sur leur mode de fabrication et leur histoire et vous pourrez alors en tenir quelques-unes.

— Eh bien, en fait c'est celle-ci qui nous intéresse.

— Je regrette c'est impossible…

— Mais madame Koch, s'il vous plaît !

— Non vraiment n'insistez pas. Je suis désolée, au revoir j'ai du travail.

Kerstin Koch tourna les talons et retourna à son bureau, les plantant là, lui, Anna et le gardien.

— Qu'est-ce qu'elle a dit, Éric ?

— Qu'elle n'est pas d'accord !

— Ça j'avais bien compris. Bon de toute façon il faut en être certain !

— Mais qu'est-ce que…

Anna saisit la main d'Éric et la plaqua sur la vitrine de l'épée.

— Vas-y concentre-toi… Essaye de la ressentir !

Éric ferma les yeux de peur que quelqu'un perçoive son regard lumineux et se concentra quelques instants…

— C'est bien elle !

— Déjà ? Comment le sais-tu ?

— Regarde ! dit-il en soulevant discrètement son T-shirt.

Sa plaie s'était rouverte et des filets gorgés de sang noir lacéraient son ventre à nouveau.

— Mince ! Il faut la récupérer !

— Quoi ? Tu veux voler le musée ?

— Non… Juste l'emprunter…

— Mais tu es folle… Ça va bien d'entrer dans le bureau de mon oncle par effraction mais dans un musée… En Allemagne en plus !

— Éric ! On n'a pas le choix… On va juste l'emprunter pour le weekend et dimanche on la remet en place…

— Juste comme ça ?

— Oui !

— Et comment fait-on ?

— Bien, comme à Visby !

— Mais Visby… C'était un petit musée… Ici c'est plus grand ! Plus moderne !

— Et alors tu as dit toi-même qu'il n'y avait pas d'alarme sur les vitrines !

— Oui mais ça ne veut pas dire qu'il n'y en a pas ailleurs !

— Allons, tu sais bien que c'est sur les fenêtres… On a qu'à les colmater au chewing-gum, comme la dernière fois !

Éric ne savait plus quoi répondre. Il connaissait Anna lorsqu'elle s'était fixé une idée en tête, il était très difficile de lui faire changer d'avis. D'un autre côté avait-il vraiment le choix ? Son état était lié à ces épées et il fallait coûte que coûte tirer au clair ce mystère. Finalement, il se rallia à son idée. Ce soir, ils cambrioleraient le musée.

Chapitre 8

Il était 20 heures et le soleil s'était déjà couché depuis longtemps de ce côté-là du Rhin. L'appartement de Kerstin Koch baignait dans une lumière tamisée que les bougies disséminées ici et là rendaient encore plus chaleureuse.

Sur la table, deux couverts avaient été dressés et une bouteille de vin d'Ahr attendait sagement que l'on vienne se resservir. Kerstin avait un peu dégrafé sa jupe et ôté ses talons qui devaient la faire souffrir après une journée de travail. Elle appréciait maintenant son sofa moelleux en caressant doucement le verre qu'elle tenait, comme si, le vin sensible à cette délicate attention en devenait encore plus suave. De l'autre côté du salon, des bruits de casseroles venaient perturber la tranquillité du lieu, quelqu'un s'affairait dans la cuisine à préparer le repas. Une voix d'homme, douce à souhait se fit entendre…

— Kerstin chérie, j'enfourne et j'arrive… Tu me sers un verre ?

Kerstin se leva et remplit le deuxième verre à moitié puis se laissa retomber mollement sur le canapé.

— Tu en a encore pour longtemps ? Je meurs de faim !

— Tu sais, c'est une recette française que je tiens de ma tante, il faut le temps, et puis ce serait dommage de gâcher la surprise. C'est quand même notre anniversaire !

Kerstin esquissa un sourire tout en continuant à caresser son verre, les yeux dans le vide…

— Tu ne dis rien, Kerstin ? Tu as des tracas ?

— Non ! Je pense…

— Ah et tu penses à quoi ?

— À nous, à maintenant, ce moment… Cette soirée…

— Oui je sais, avec mon travail on n'a pas trop l'occasion de se réserver des moments à nous, mais ça va changer tu sais…

— J'espère ! Es-tu certain que tu vas pouvoir finir ton cursus en Allemagne ?

— À ce qu'ils m'ont dit !

L'homme apparut dans l'entrebâillement de la porte de la cuisine, un torchon à la main. Avec la lumière de la cuisine dans le dos, il était difficile de deviner son visage mais à sa silhouette, il était évident que l'ami de Kerstin ne devait pas connaître les pommes d'amour. En outre son allemand bien que correct, sonnait bizarrement et certaines intonations dans les phrases permettait d'affirmer qu'il était étranger. Cependant il était bien difficile de deviner de quel accent il s'agissait.

— Le canard à l'orange est tendre à souhait… La quiche est au four… et les îles flottantes sont à tomber… Ça va être divin !

— Eh bien… Jamais je n'aurais pensé que tu avais des talents de cuisinier !

— C'est ma sœur qui m'y a poussé !

— Ah ?

— Oui, depuis qu'elle vit chez ma tante en France elle n'a de cesse de critiquer mon alimentation. Mais je dois bien avouer qu'elle a raison et que la cuisine française est loin d'être un cliché !

— J'adore la cuisine française mais là tu me gâtes !

— Et ce n'est que le début Kerstin… J'ai encore plein de surprises pour après…

— Vraiment ?

À ce moment, les jérémiades nasillardes et synthétiques du téléphone vinrent perturber leur discussion.

— Laisse… On est vendredi soir, c'est le weekend…

— Oui tu as raison…

L'importun mécanique persista une bonne dizaine de fois avant de se taire.

— Eh bien… Il était insistant celui-là !

Malheureusement, le raseur sévit à nouveau et hurla cette fois de plus belle à tel point que Kerstin excédée décrocha.

— Allô !

— …

— QUOI ? C'est une blague ?

— …

— N'importe quoi !

— …

— Oui… oui… Quoi tout de suite ? … Bon j'arrive !

— …

— C'est ça, mettez-les au frais ! J'arrive dès que je peux !

— …

— Dans 10 minutes… ou 15 je fais au plus vite ! À tout de suite !

Elle raccrocha brutalement.

— MAIS QUELLE MERDE ! éclata-t-elle. LES CONS ! Ah LES CONS !

L'homme réapparut subitement dans le cadre de la porte…

— Qu'est-ce qui se passe mon cœur ?

— Des petits cons se sont mis en tête de cambrioler le musée ce soir !

— Merde… Et ils ont pris quelque chose ?

— Non, enfin oui… une épée et d'autres trucs.

— Non ou oui ?

— Je ne sais pas à vrai dire ! Rien n'a été fracturé mais ils se baladaient avec une épée médiévale, c'est pour ça que je dois m'y rendre !

— Quoi ? Et mon canard ? Ma quiche ?

— Je suis désolé chéri !

— Mais ça ne peut pas attendre demain ?

— Non… Je n'ai pas le choix, le directeur n'est pas là, je dois y aller !

— Au musée ?

— Non au commissariat, ils les ont embarqués !

— Je le dirai au canard pour pas qu'il fasse la gueule !

— J'adore comment tu prends la chose…

Kerstin avait déjà rapidement rajusté son tailleur. Elle remit ses talons, prit son sac et embrassa tendrement son amoureux.

— Ne t'inquiète pas… Je ne serai pas longue, dis-le bien à ton canard !

— J'espère bien sinon on va finir au *fast-food* !

— Mais non ! En revanche, je te garantis qu'ils vont passer un sale moment pour avoir pourri ma soirée… enfin, notre soirée !

Elle glissa un autre baiser à son compagnon puis disparut dans les escaliers de l'appartement en lançant un « je t'adore » qui se perdit dans l'écho du lieu.

*

*   *

Vingt minutes s'étaient bien écoulées lorsque Kerstin surgit dans le commissariat de *Gräfrath*. Son visage était fermé et ses grands yeux bleus auraient volontiers assassiné quelques personnes s'ils avaient pu.

Derrière le comptoir deux agents discutaient.

— Dieter ! Je te le dis c'est de la graine de voyou !

— Klaus ! Franchement ! Ils n'ont pas l'air de voleurs ! Et puis ils sont plutôt nuls, tu ne trouves pas ?

— Ah c'est sûr, coller du chewing-gum partout sur les fenêtres en pensant bloquer l'alarme, faut être vraiment débiles.

— En revanche le jeunot ne m'inspire pas confiance !

— Oui moi non plus... Son passeport dit qu'il est français mais je n'ai jamais vu un français parler rhénan... Si ça se trouve ce sont des faux papiers !

— Ah ça c'est certain ! C'est peut-être même des terroristes !

— Non tu crois ?

— Hum ! Hum ! Pardon messieurs, désolée d'interrompre cette passionnante discussion... Je suis Kerstin Koch, l'adjointe du directeur du musée !

— Ah mademoiselle Koch ! C'est vous la dame du téléphone ? demanda Dieter.

— D'après vous ! répondit-elle, un brin agacée.

— Regardez ce qu'ils avaient sur eux !

Klaus, le deuxième policier, posa sur le comptoir l'épée de Witham et le bâton temporel qu'Anna avait eu l'imprudence d'emmener avec elle. Kerstin inspecta l'épée avec une grande attention puis au bout de cinq bonnes minutes, elle désigna le bâton.

— Et ça c'est quoi ?

— Nous n'en savons rien ! Lorsque nous avons vu les motifs sur ce bâton en métal, nous avons pensé qu'il appartenait au musée. Mais manifestement ce n'est pas à vous, n'est-ce pas ?

— Non ! Je ne sais pas d'où ça sort ! D'ailleurs l'épée n'est pas à nous non plus !

— Quoi ? Mais ce ne sont pas des voleurs alors ! s'outragea Dieter.

— Il faut croire que non... Mais ce qui est certain c'est que cette épée est une merveille digne d'un musée.

— Je te l'ai dit Dieter ce sont des terroristes étrangers !

— Étrangers vous dites ?

— Oui ! Le garçon est certainement le chef de bande ! Il est français ! Mais on ne nous l'a fait pas ! Ce sont des faux papiers !

— Des faux papiers ? Rien que ça !

— Oui la fille serait danoise et elle ne semble rien comprendre à ce qu'on dit !

— Danoise ?

— Oui ! Son passeport est danois et c'est noté Anne Thorsen...

— Et l'autre ?

— Le garçon s'appellerait Éric Castel... Mais j'y crois pas !

— Pourquoi ?

— Vous connaissez beaucoup de Français qui parlent couramment l'allemand vous ?

— À vrai dire, c'est vrai qu'ils ne sont pas très bons en allemand et peut-être très mauvais même...

— Oui et bien celui-là il parle l'allemand comme un professeur de littérature et puis cinq minutes après il nous parle en rhénan !

— En rhénan ? Vous êtes certains ?

— Oh oui ! Dieter et moi on est du coin, alors le rhénan on le parle encore à la maison...

— Ça je veux bien vous croire !

— Et on a notre petite idée là-dessus...

— Vas-y, dis-lui... Klaus !

— On pense, Dieter et moi, que le garçon est un espion qui travaille pour un autre musée... Sous couverture !

— Oui c'est pour ça qu'il avait un passeport français... Mais en vrai il est Danois lui aussi !

— Voyez-vous ça ! hallucina Kerstin

— Oui car il parle aussi danois !

— Et vous parlez aussi le danois... Euh... Dieter ?

— Moi non ! Mais c'est marqué sur le passeport de la fille ! Alors, c'est clair !

— Oui bien sûr, c'est très clair, avec un passeport danois c'est sûr que la personne parle forcément le danois et à *fortiori* son ami aussi ! ironisa-t-elle.

— Ah tu vois, qu'est-ce que je t'avais dit, Klaus ! Même la professeur est d'accord...

— Hum, je ne suis pas professeur mais peu importe... Et qu'est-ce qu'ils disent les voleurs ?

— Hé, attention, ils n'ont rien volé ! Alors ce ne sont pas des voleurs !

— Oui Klaus, au mieux des casseurs...

— Voleurs, casseurs, imbéciles, débiles, je m'en fiche ! Qu'est-ce qu'ils disent ?

— Vous allez voir mademoiselle Koch, tout se tient.

— Oui tout se tient, ils disent qu'ils travaillent pour un certain musée de Roskilde...

— Oui au Danemark ! Vous voyez que ce sont des espions !

— Roskilde ? Un musée ? Hallucinant !

— Oui c'est ce qu'on s'est dit aussi !

— Et ont-ils une explication à donner pour justifier leur présence dans le musée cette nuit ?

— Ah ça... Mystère...

— Oui mystère, reprit Dieter. Ils disent qu'ils voulaient voir une épée...

— Curieux, hein ? Vouloir voir une épée dans un musée de coutellerie...

— C'est une histoire à dormir debout ! conclut Kerstin, saoulée par les divagations de ces deux flics.

— Oh surtout pour nous !

— Comment ça ?

— Nous, on va faire toute la nuit au poste !

— Je ne comprends pas !

— Avec cette histoire, nous sommes obligés de rester ici !

— Euh et alors ? Vous n'êtes pas de permanence ?

— Faut nous comprendre mademoiselle Koch, normalement nous avions fini notre service et nous allions fermer le commissariat... Et avec les restrictions budgétaires, nos effectifs ne nous permettent pas de faire des permanences la nuit.

— Oui c'est difficile... On n'a même pas pu récupérer quelque chose au *Imbiss*...

— Oui, il faut attendre demain.

— Mais pourquoi donc ?

— Ah... Le règlement mademoiselle Koch, le règlement ! répondit Dieter en pointant son doigt en l'air comme pour désigner le bon Dieu.

— Oui le règlement c'est le règlement ! reprit Klaus...

— Enfin arrêtez ! Vous ne pouvez pas être plus clairs tous les deux ?

— Clairs, on l'est... et le règlement aussi : « ...en aucune manière des prisonniers doivent être laissés seuls dans les locaux », ânonna Dieter...

— Eh bien c'est logique...

— Attendez la suite...

— « Deux agents devront rester en permanence sur place. Une rotation pourra être effectuée après décision du chef de corps... »

— Donc vous êtes coincé ici ! Tout le weekend ?

— Oui, jusqu'à lundi quand l'inspecteur reviendra...

— Oui, s'il revient !

— S'il revient ? Pourquoi ne reviendrait-il pas ?

— On ne sait jamais avec tous ces espions... Les gens disparaissent si vite...

— Oui, oui, bref, si je comprends bien vous êtes bloqués ici et ils vous ont saboté votre weekend !

— Tout à fait ! On n'aurait pas pu mieux dire mademoiselle Koch. On ne pourra même pas suivre la finale avec le FC Köln ! C'est bien malheureux pour nous...

— Eh bien vous n'êtes pas les seuls, croyez-moi !

— D'un autre côté, si nous ne pouvons pas sortir, ils ne pourront pas non plus avoir de sandwichs pendant tout le weekend.

— Hum... C'est une petite compensation pour nous trois, après tout ! répondit Kerstin.

— Oui comme vous dites !

— Et lundi... On pourra rentrer chez nous, l'inspecteur prendra la suite et les collègues nous remplaceront.

— Vous n'avez pas fait de recherches ?

— Pensez-vous ! Tout est fermé ! Et puis c'est le travail de l'inspecteur !

— Oui, c'est à l'inspecteur de faire son travail !

— Oui, oui ça va j'ai compris !

— Et vous voulez les voir ?

— Qui donc ?

— Les espions ?

— Moi ? Non ! Gardez-les au frais ! Je n'ai pas envie de leur parler... M'ont suffisamment pourri ma soirée !

— Comme vous voulez ! Mais si vous changez d'avis, nous, on est là toute la nuit...

— ... et tout le weekend ! rajouta Dieter.

— Merci... Je vous souhaite bon courage ! J'espère qu'ils vont vous laisser tranquille !

— Ne vous inquiétez pas...

— Oui ! On a l'habitude ! On a le jet d'eau !

— Oui s'ils bronchent... Paf ! C'est la douche !

— Oui ! La douche Ahahahaha !

— Je pense qu'on va se marrer, Dieter...

— Je le pense aussi, Klaus !

— Mais prenez votre pieds, messieurs, passez-les à la douche si ça vous fait plaisir ! J'y suis totalement favorable...

Kerstin ne pensait pas du tout ce qu'elle venait de dire mais c'était la seule phrase qui lui était venue à l'esprit pour mettre un terme à cette conversation un tantinet surréaliste.

— Gardez-moi tout ça en sécurité, lança-t-elle aux deux policiers. Je repasserai certainement demain ou lundi. Je ne sais pas encore.

— Prenez votre temps, mademoiselle! Nous, on reste là, c'est le règlement!

— C'est compris! Bonne nuit messieurs!

— Bonne nuit mademoiselle! répondirent à l'unisson les deux énergumènes.

Kerstin reprit le chemin de la maison, la tête pleine d'interrogations...

*

*   *

Lorsqu'elle entra dans l'appartement, après plus d'une heure d'absence, les bougies avaient fondu et le fumet merveilleux des petits plats français qui envahissait tout à l'heure le studio avait disparu. La soirée était à l'eau et elle le savait.

Le compagnon de Kerstin était assis sur le sofa et calmement réchauffait entre ses mains un verre de whisky, la bouteille de vin d'Ahr n'ayant pas survécu à l'attente. Il aperçut le visage soucieux et éreinté de son amie, il crut bon de lui remonter le moral.

— Ne t'inquiète pas, chérie, le canard est congelé! Ce sera pour une autre fois, quant à la quiche... Elle peut se réchauffer!

— Ce n'est pas ce qui m'inquiète le plus, mais tu es mignon.

L'homme posa son verre et se décala pour faire un peu de place à Kerstin qui avait commencé à dégrafer sa jupe et qui volontiers s'assit à côté de lui.

— C'est si grave que ça ? lui demanda-t-il en commençant à lui masser les épaules de ses mains douces et chaleureuses.

— Génial… C'est kinésithérapeute que tu aurais dû faire.

— Je préfère réserver ça à mes amis

— Tes amis ou tes amies ?

— À mon amie !

— Je suis perplexe !

— Que je réserve ça à mon amie ?

— Non, sur ce qui s'est passé !

— Raconte…

— Tu y crois toi ? Des voleurs qui entrent par infraction en amenant leur ancien butin sur place !

— Il faut être idiot !

— Idiots, ils le sont ! Les flics ont dit qu'ils avaient collé du chewing-gum partout pensant pouvoir ainsi court-circuiter l'alarme !

— Complètement idiots… Tu as raison ! Ils sont combien ?

— Deux, une fille et un garçon, des jeunes étrangers…

— Des étrangers ?

— Oui, enfin rien n'est certains, leurs passeports sont étrangers, la fille viendrait du Danemark… Mais c'est ton pays non ?

— Oh moi tu sais, j'ai plusieurs pays dans mon cœur, le tiens, la France, le…

— Justement, le garçon serait Français !

— Français ? Et il parle allemand ?

— Comme un prof de littérature, aux dires des flics !

— Un Français qui parle allemand aussi bien, ça n'existe pas !

— Attends le plus drôle c'est qu'il parle aussi le dialecte du coin ! Et couramment en plus !

— AHAHAHAHAH ! Ton gars n'est pas Français, c'est sûr ! À moins que…

À cet instant, le visage de l'homme prit une curieuse expression, comme si quelque chose d'affreux venait de lui traverser l'esprit, sa voix se mit à vaciller et il poursuivit…

— À moins qu'il soit polyglotte… ou alors…

— Oui quoi ?

— Comment m'as-tu dit qu'il s'appelle ?

— En vérité, je n'ai pas fait attention, la fille porte un nom très danois, Trosen, Torsten, un truc du genre avec « sen » dedans mais pourquoi ?

— Thorsen peut-être ?

— Je ne pourrais pas le jurer… Tu la connais ?

— Je… Je… Je ne sais pas… Fit l'homme qui décidément blêmissait de plus en plus…

Kerstin ne quittait pas du regard son compagnon et ses immenses yeux l'invitaient à s'expliquer…

— Une ancienne petite amie, peut-être ?

— Non Kerstin, aucune chance mais ils ont dit d'où ils venaient ?

— Je ne sais pas… Ils ont raconté aux flics qu'ils travaillaient pour un musée ! Tu te rends compte, un musée !

— Un musée au Danemark ?

— Qu'importe, ce sont des fadaises, aucun musée n'aurait organisé un cambriolage ! c'est du n'importe quoi !

— Le musée de Roskilde peut-être ?

— Oui ! C'est ça ! Mais dis-donc tu me caches quelque chose toi ! Tu as quelque chose à voir avec ça ?

— Non, enfin peut-être…

— QUOI ? Tu es leur complice ?

— Ne dis pas n'importe quoi ! Mais si ce sont les personnes auxquelles je pense, alors ils travaillent effectivement pour le musée de Roskilde !

— Des cambrioleurs internationaux ?

— Non… c'est compliqué mais il faut que je sache !

— Quoi ? Tu veux qu'on retourne au commissariat ?

— Euh oui Kerstin…

— Hors de question ! Ils ont pourri notre soirée, pillé le musée, je n'ai pas envie en plus de fiche en l'air mon weekend avec toi !

— Si c'est bien les personnes auxquelles je pense, c'est grave et il faut les sortir de là !

— Quoi ? Mais tu plaisantes !

— Non, je suis désolé… C'est important Kerstin, je t'expliquerais !

Kerstin se leva d'un bon et referma sa jupe précipitamment ce qui ne fût pas du goût de la fermeture.

— Et bien sûr, tu ne voudras pas me dire qui sont ces gens !

— Et bien c'est compliqué et je…

— J'ai compris, n'en dis pas plus !

— Mais Kerstin, ne le prends pas comme ça !

— Je le prends comme je veux ! Amène-toi ! Te connaissant tu vas m'emmerder jusqu'à ce que je cède… Maintenant que la soirée est définitivement fichue, autant en finir !

— Je te jure que si ce ne sont pas ceux auxquels je pense, tu pourras me demander tout ce que tu voudras… Et je te promets un weekend comme tu n'en as jamais eu…

— Mouais ! Ça c'est certain ! Il a déjà bien commencé !

— Tu as une idée comment les sortir de là ?

— Parce qu'en plus c'est à moi de trouver des idées d'évasion !

— …

Chapitre 9

Plus énergique que jamais, Kerstin débarqua de nouveau au commissariat, accompagnée de son compagnon.

— Toi, tu me laisses faire… Tu t'assoies dans le coin, là et tu ne dis rien! Sauf si ce sont ces fameuses personnes ou des *aliens* tant qu'on y est…

— Oui Kerstin, je ne bouge pas! Je reste muet comme une statue et immobile comme une tombe!

— On dit muet comme une tombe et immobile comme une statue!

— Ah? Euh oui, je ne dis rien… Je m'assois là dans l'ombre…

— C'est ça dans l'ombre, c'est très bien, je n'ai pas envie en plus de faire l'objet de tous les ragots du quartier en plus du reste…

Klaus et Dieter, les deux policiers étaient en train de manger des chips ou plutôt ils tentaient de le faire. Le sachet était dans un si sale état qu'il était inutile de lire la date de péremption pour savoir qu'elle était largement dépassée. Quant à la couleur du contenu, elle hésitait entre le jaune fade et le vert de gris. Ils faisaient pitié.

— …

— Je te le dis Klaus, un jour tous les flics du monde porteront des uniformes bleus !

— Écoute Dieter, moi je trouve que nos uniformes verts sont bien plus jolis comme ça ! Et puis le vert c'est plus saillant ! En plus, ça fait écolo !

— En tout cas, ce n'est pas tes 120 kilos qui paraîtront plus saillant et plus écolo dans le bleu !

— …

— Pardon, messieurs… s'excusa Kerstin.

— Oh mademoiselle Koch vous êtes revenue nous tenir compagnie ?

— Oui j'ai changé d'avis, je voudrais bien voir ces jeunes gens ?

— Vous êtes venue accompagnée ?

Klaus se redressa pour mieux voir la personne qui était assise dans l'entrée, mais il se ravisa. De là où il était, ni lui, ni le compagnon de Kerstin n'auraient pu se voir et ce malgré la lueur du lampadaire extérieur qui tentait de traverser les grandes vitres du hall.

— Oui c'est mon ami, il ne voulait pas que je circule seule la nuit…

— Ah c'est très bien ça ! N'est-ce pas Dieter ?

— Oui Klaus ! C'est très gentil de sa part…

— Vous voulez voir les espions alors ?

— Oui, s'il vous plaît !

— Bon, pourquoi pas… Dieter ! Tu veux bien les amener ici… Sur le banc des miséreux !

L'agent de police Dieter s'engouffra dans le couloir derrière le comptoir et on put rapidement entendre un bruit de clef indiquant le déverrouillage d'une porte. Klaus jugea bon de ressortir les affaires qu'ils avaient confisquées aux jeunes délinquants qu'il plaça dans un bac sur le comptoir.

— Pourquoi le banc des miséreux?

— Ah? C'est comme ça qu'on l'appelle ici. C'est là qu'on peut enchaîner les gens qu'on a interpellés en attendant de les interroger ou de les mettre en cellule…

Dieter revint rapidement précédé des deux jeunes malfrats. La mine défaite, la tête basse, Éric et Anna étaient couverts de honte et déambulaient comme des zombies sans prêter attention à ce qui les entourait. Kerstin tendit alors un grand sac en papier à l'agent de police et l'invita à l'ouvrir. Une bonne odeur de frites chaudes emplit subitement la pièce.

— Oh! Vous êtes passé à l'*Imbiss*! Vous êtes trop bonne mademoiselle Koch! Regarde Dieter, mademoiselle Koch nous a apporté des *Currywurst*!

— Ah vraiment mademoiselle si tout le monde était comme vous!

— Voyons ce n'est rien… Et cela sera sans doute bien meilleur que vos restes de chips avariées.

— C'est certain… répondit Dieter en ligotant les deux jeunes au banc des miséreux. Ils sont à vous!

— Je vous ai mis des bières aussi… mais je ne sais pas si c'est autorisé? rajouta Kerstin.

— Ne vous inquiétez pas pour ça, merci beaucoup, Mademoiselle Koch!

Les deux agents étaient aux anges ! Ils s'éloignèrent un peu pour déjeuner plus tranquillement et apprécier cette bonne attention. Le mot «Currywurst» avait tiré Éric de sa léthargie et à présent il ne quittait plus des yeux le sac en papier, curieux de connaitre enfin cette spécialité dont tout le monde parlait… Mais Kerstin le ramena à la réalité.

— Dites-moi donc, jeune homme, pourquoi avez-vous décidé de cambrioler le musée ?

— Euh… Nous ne voulions pas cambrioler le musée, nous voulions seulement voir une épée !

— Quelle épée ? Celle que vous avez emmenée avec vous ?

— Non… Celle que vous possédez. Celle d'Alphen…

— L'épée d'Alphen ? Mais pourquoi donc ?

— Pour la comparer avec la nôtre !

— La comparer avec la vôtre ?

Kerstin se saisit de l'épée confisquée et l'examina une nouvelle fois… Après un petit moment, elle reprit.

— C'est vrai qu'elles se ressemblent vraiment beaucoup… Mais l'inscription est différente !

— Oui, répondit Éric toujours ravagé par la honte.

— Et vous ne pouviez pas simplement demander ?

— Si… C'est ce qu'on a fait mais vous avez refusé !

Cet événement lui était complètement sorti de la tête tant il lui avait semblé anodin ! Kerstin se rappela alors de la demande saugrenue du jeune homme dans l'après-midi. Mais elle n'aurait jamais pensé que son refus aurait provoqué un tel incident. Peut-être avait-elle été trop stricte? Néanmoins cela n'excusait pas le comportement des deux jeunes gens.

— Et que dit votre amie de tout ça?

— Anna? Elle s'excuse tellement…

— Elle ne parle pas allemand?

— Non seulement le danois et l'anglais.

— Et vous? Vous êtes Français?

— Oui!

— Où avez-vous appris l'allemand?

— Hum… Je parle plusieurs langues couramment…

— Enfin à un tel niveau, sans accent… C'est peu crédible… Et puis vous connaissez le Platt…

— Le Platt?

— Oui, le patois du coin!

— Ce n'est pas du rhénan?

— Si… mais ici c'est une variante qui s'appelle *Kölsch* ou *Platt* ou *Solinger Platt*, je ne suis pas linguiste… Mais vous ne savez même pas qu'elle langue vous parlez?

— C'est compliqué, c'est une sorte de don…

— Un don des langues? Ne dites pas n'importe quoi!

Éric ne répondit pas… Il avait trop peur des conséquences à vouloir trop en dire. Et d'ailleurs quelle confiance pouvait-il accorder à cette femme?

— Vous avez dit que vous travailliez pour un musée? Mais ce sont des histoires?

— Non… Nous appartenons bien au musée de Roskilde!

Soudain, le compagnon de Kerstin rompit le silence qu'il avait promis de garder ! Et tout en restant assis dans son coin, dans un allemand assez imparfait il demanda !

— Si vous êtes bien du musée de Roskilde, vous devez connaître son directeur, monsieur Vogter ?

La voix du compagnon de Kerstin lui semblait familière mais il n'arrivait pas à dire pourquoi…

— Ce n'est plus lui, à présent c'est le professeur Christiansen, répondit Éric, intrigué par cette voix.

Kerstin fut, elle aussi, surprise par la réponse du jeune homme et plus encore par la question de son compagnon.

— Tu connais ce musée ?

— Peut-être Kerstin… Mais dis-moi, jeune homme, d'où viens-tu ?

— De France…

— Mais où en France ?

— Vous ne connaissez pas, c'est une petite région au sud, c'est en Charente… et …

— Éric ?

— Hein ? Euh, oui ?

Le compagnon de Kerstin s'était levé et avançait chancelant vers le comptoir. L'obscurité ambiante ne permettait pas de voir son visage mais la silhouette de l'homme devenait de plus en plus nette au fur et à mesure qu'il avançait. Éric le connaissait, il en aurait mis sa main au feu, encore fallait-il qu'il puisse voir son visage.

— Vous êtes qui ? lança Éric se sentant menacé.

L'homme lui répondit dans un danois impeccable ce qui sortit Anna de sa torpeur.

— Franchement Éric, dans quelle histoire t'es-tu encore embarqué ? Et bien sûr Anna est avec toi !

— Niels ? Niels c'est toi ? s'écrièrent les deux jeunes délinquants.

— Qui voulez-vous que cela soit ? Bande d'idiots !

Kerstin était restée silencieuse mais bouillait d'impatience qu'on lui traduise ce qu'il venait de se dire… Niels le savait. Il savait aussi qu'il fallait convaincre les policiers de les relâcher et avant ça convaincre son amie et cela n'allait pas être de la tarte. Aussi il la prit à part et lui raconta tout. Que Éric était son cousin et qu'effectivement aussi mystérieux que cela pouvait être, il avait un don pour les langues… Que s'ils avaient fait ce qu'ils avaient fait c'est que l'affaire devait très grave, et qu'il y aurait une explication là-dessous.

Kerstin était dubitative mais elle lui faisait confiance. De toute façon rien n'avait été cassé et rien n'avait été volé, alors peut-être y avait-il là matière à négocier avec les deux policiers. Aussi elle interpella…

— Hé ! Messieurs ?

— Oui mademoiselle Koch ?

— Vous pouvez les relâcher ?

À ces mots le policier faillit s'étouffer…

— Les relâcher ? Mais c'est impossible ! Et pourquoi ferions-nous ça ?

— Eh bien mon ami que voici peut attester de leur identité ! Ils appartiennent bien au musée de Roskilde ce qui explique pourquoi ils avaient sur eux cette épée et cette chose, cet artefact enfin cette relique bizarre.

— Je vous le rappelle mademoiselle Koch qu'ils sont quand même entrés par effraction dans le musée !

— Non ! En fait, ils sont sortis par effraction…

— Sortis par effraction ?

— Euh, j'ai honte de le dire mais ils ont été oubliés dans le musée !

— Oubliés ? Mais par qui…

— Euh… par le musée… euh moi en l'occurrence.

— Je ne vous suis pas mademoiselle Koch…

— Oui… euh… en fait ces jeunes gens devaient nous rencontrer mais ils n'ont pas fait attention à l'heure de fermeture ! Et vous savez que nous fermons plus tôt le vendredi…

— Oui et alors…

— Eh bien, ils étaient partis aux toilettes… et en sortant ils se sont retrouvés enfermés dans le musée !

— Et vous ne vous êtes pas inquiétée de ne pas les voir arriver à leur rendez-vous ?

— À vrai dire le rendez-vous m'était complètement sorti de la tête !

— Et les vigiles ne les ont pas vus ?

— Eh bien non… leur ronde s'effectue beaucoup plus tard… Malheureusement !

— Hum…

— Alors ils n'ont rien trouvé de mieux que de sortir par une fenêtre en déclenchant toutes les alarmes bien sûr…

— Hum ! Et ils avaient rendez-vous après la fermeture ?

— Euh non bien sûr, à vrai dire le secrétariat leur avait dit de passer… c'est pour ça que j'ai oublié qu'ils venaient !

— Dieter réfléchissait et cherchait l'approbation de son collègue, bien trop occupé à dévorer sa *Currywurst*.

— Oui… ça expliquerait tout ce chewing-gum collé partout… Un vrai cambrioleur le saurait. Et pourquoi n'ont-ils rien dit ?

— Oh vous savez monsieur l'agent, la jeune fille ne parle pas un mot d'allemand, c'est terrible pour elle… Quant au jeune homme, vous avez bien vu… Ils ont honte… Honte de la situation…

— Et vous mademoiselle Koch ?

— Moi ?

— Oui pourquoi n'avez-vous rien dit tout à l'heure ?

— Et bien, à vrai dire j'étais furieuse et je n'avais pas toutes les informations non plus. Je pensais, comme vous, qu'il s'agissait de vrais cambrioleurs et comme je ne les avais jamais vus avant… J'étais loin de penser qu'ils pouvaient être mon rendez-vous…

— Qu'en penses-tu Klaus ?

— Oh pour moi, ce que dit mademoiselle Koch est très juste ! Après tout rien n'a été volé et rien n'a été cassé… Pour moi ça me va !

— Bien ! Comme ça nous aurons moins de paperasse à faire, et…

— Et on pourra rentrer à la maison voir le match à la télé ! s'exclama Klaus.

— C'est ça…

Sans aucune autre forme de formalité, Dieter s'empressa de libérer les deux jeunes prisonniers, le visage tout aussi radieux et soulagé qu'eux tandis que Niels entreprit d'expliquer à Kerstin qu'il fallait se rendre sur le champ au musée pour voir cette fameuse épée… Kerstin ne fut pas facile à convaincre aussi Niels ajouta pour finir de la persuader que ce qu'elle avait pris pour une relique renfermait quelque chose d'incroyable qu'aucune personne n'avait jamais vue et que Éric ou Anna lui montrerait quelque chose d'extraordinaire.

Bien sûr ce n'était pas totalement exact et il s'était peut-être un peu trop avancé mais Niels ne savait pas quoi inventer d'autre, ne sachant pas lui-même la raison du périple de son cousin… Il avait donc fait avec les moyens du bord.

*
* *

En arrivant au musée, Kerstin s'était empressée d'aller voir les gardiens, ne serait-ce que pour les débriefer, car c'était quand même bien eux qui avaient surpris les apprentis cambrioleurs et avaient appelé la police. Il fallait bien leur donner quelques explications cohérentes et de surcroît négocier une petite demi-heure de répit dans l'une des salles… Ou plus exactement qu'ils débranchent les alarmes, le temps pour eux d'inspecter une épée dans la grande salle. Cette fois-ci, ce fut donc très officiellement que la petite bande se retrouva devant l'épée d'Alphen.

— Et maintenant Éric que faisons-nous ? demanda Niels.

— Et bien il faudrait que je puisse tenir l'épée pour vérifier si elle a un lien avec celle-ci. Répondit-il en montrant l'épée de Witham.

— C'est tout ?

— Oui !

Kerstin s'en voulait terriblement. Si elle avait répondu favorablement à une aussi simple requête la première fois, elle passerait en ce moment une agréable soirée avec son Niels au lieu de se geler les fesses, morte de fatigue, dans la grande salle des épées avec l'estomac dans les talons… Elle déverrouilla la vitrine et remit l'épée à Éric. Celui-ci commença à l'inspecter sous tous les angles et passa même son doigt sur l'inscription… mais rien ne se passa.

— Et bien ?

— Je ne sais pas, je ressens quelque chose mais ce n'est pas pareil !

— Niels, qu'est-ce qu'il raconte ton cousin ?

— Je n'en ai aucune idée, Kerstin… Je suis comme toi, complètement déboussolé !

— Éric ! Montre-lui… ordonna Anna en danois en montrant du doigt son abdomen.

Éric souleva son T-shirt et Niels put apercevoir l'horrible blessure de son cousin.

— Mince comment t'es-tu fait ça ?

— Je me suis coupé avec l'autre épée et ça ne veut pas guérir !

— Comment ça ? Tu as perdu ton pouvoir de guérison ?

— Après le don des langues, le pouvoir de guérison ! Et après il va marcher sur l'eau, peut-être ? Vous me prenez pour une gourde ? lança Kerstin qui commençait à s'énerver.

— Mais non, chérie… Bon écoute, c'est un truc de fou et une longue histoire et…

— Et un gros baratin, c'est clair !

Anna ne comprenait absolument rien dans leurs échanges en allemand mais elle avait bien compris qu'il fallait montrer quelque chose à Kerstin sinon ils n'iraient pas plus loin. Et pendant que Kerstin et Niels amorçaient une dispute, elle échangea quelques mots avec Éric.

— Éric, montre à Kerstin comment tu peux guérir sinon on ne va pas pouvoir la convaincre…

— Ça ne va pas marcher ! Tu as bien vu je ne guéris pas !

— Elle va voir un peu de lumière bleue, ça devrait suffire à la convaincre, tu ne crois pas ?

— Hé ! Kerstin ! lança Éric. Mon don pour guérir, tu veux vraiment voir comment je fais ?

— Ah ça oui… sinon je rappelle les flics et vous passez tous la nuit au poste et toi le premier, Niels !

— Moi ? mais je n'ai rien fait !

Les yeux d'Éric commencèrent à bleuir et très vite ils devinrent lumineux. Ensuite il passa sa main le long de la plaie et quelques rayons de lumière bleue jaillirent de l'entaille mais la plaie n'évoluait pas.

— Oui d'accord, bravo ! C'est un beau truc à la Spielberg… Moi aussi j'ai vu *Star Wars* mais je ne vois rien d'extraordinaire !

Ce coup-ci ce fût Anna qui s'énerva devant autant de mauvaise foi. Elle sortit de son sac le canif que lui avait offert Éric et le planta d'un coup dans le ventre de Kerstin ! Le sang jaillit immédiatement et macula le chemisier blanc de la jeune femme.

— Mais elle est malade cette garce ! Niels, NIELS !

Kerstin se sentait défaillir mais Niels la retint immédiatement… Éric se précipita alors sur elle et lui pris le visage d'une main, tandis qu'il appuyait sur la plaie avec l'autre. Kerstin, comme hypnotisée, n'arrivait pas à quitter les yeux luminescents d'Éric, elle se sentait totalement captive et la douleur se faisait de plus en plus forte… Puis tout à coup elle n'eut plus mal. Elle regarda alors sa blessure et vit, entre les jets de lumière bleue, la plaie se refermer puis disparaître comme si elle n'avait jamais existé. Seul le chemisier souillé témoignait encore de la réalité de l'événement.

— C'est pas vrai, je vis un cauchemar !

— Non c'est bien la réalité et crois-moi ça dépasse les films de Spielberg, lui répondit Niels avec un sourire apaisant.

— Bon, bien j'espère qu'elle a compris ta copine maintenant ! Je suis désolée mais je n'ai rien trouvé de moins radical pour accélérer les choses ! grogna Anna en anglais.

— Oui, pour être radical, c'est radical ! Mais je crois que tu as bien fait, reprit Niels !

— Vous êtes des extraterrestres, c'est ça ? demanda Kerstin en anglais.

— Oui c'est ça ! J'ai la tête de Yoda et eux ce sont des Klingons… Bon, il faut que je la plante une deuxième fois ta copine pour qu'elle comprenne ? continua Anna en anglais.

— Non, non Anna… Mets-toi à sa place ! Imagine que tu viennes d'un monde rationnel et subitement, tu te retrouves au milieu de gens qui se comportent bizarrement et qui ont des pouvoirs que la science ne peut pas expliquer… Et… Et en plus tu t'aperçois que ton petit ami fait partie de la conspiration ! Ça fait beaucoup tu ne trouves pas ?

— D'accord… Je veux bien admettre que son petit monde très étroit est un peu chamboulé maintenant… Mais faut accélérer, là ! Les gardiens vont se demander ce qu'on fait !

— Oui d'ailleurs explique moi ce qu'on fait là ?

— L'épée de Witham, celle qu'on a amenée avec nous, a blessé Éric et depuis, il est incapable de se guérir. Ça empire même… On pense que ça a à voir avec une malédiction qui entoure les épées.

— Oui, vu sa cicatrice je dirais même qu'il est mal en point, mais de quelle malédiction parles-tu ? Et de quelles épées ?

— Eh bien, ça vient de l'inscription sur l'épée…

— Mais personne ne sait ce que ça veut dire, répondit Kerstin, qui se remettait de ses émotions. C'est comme sur votre épée… C'est une suite de lettres qui sont certainement les débuts d'un texte apostolique, une prière… mais nous ne savons pas encore laquelle !

— Mais quelle idiote je fais ! fit Anna. Éric, prends le canif et verse du sang sur l'inscription ! dit-elle en lui tendant le couteau.

Éric s'exécuta et se fit une belle entaille au poignet puis versa de son sang sur les lettres. Et comme pour l'épée de Witham, les lettres s'illuminèrent et se changèrent en runes l'espace d'un instant.

— C'est quoi ce délire ? Je n'ai pas rêvé, vous avez vu comme moi, hein ? interrogea Kerstin… Tous acquiescèrent en même temps…

— Ça veut dire « Par le sang les trois sœurs maudites Brotning la honteuse, Bæsing la sanglante, Gram la divine… »

— Vous pouvez comprendre ces symboles ?

— Oui… En fait ce ne sont que des runes nordiques ! répondit Éric.

— Des runes ?

— Oui ça n'a rien d'extraterrestre, c'est juste viking ! taquina Anna. Pourquoi ça te parles ?

— Oui … Euh non… enfin…

— Il faut te décider Kerstin ! Ça te parle ou ça ne te parle pas ? dit Anna en forçant le ton, agacée d'avoir un Éric numéro deux dans l'équipe.

— En fait Gram ça me parle ! Gram c'est l'épée de Wotan !

— Wotan ? C'est qui lui ? Un chevalier ?

— Wotan, c'est comme ça qu'on l'appelle dans la culture germanique, mais pour vous les nordiques, il se nomme Odin !

— Quoi ? Gram serait l'épée d'Odin ?

— Je ne comprends pas… Le message parle de trois épées, *Brotning*, *Bœsing* et *Gram*… Il y aurait donc trois épées divines ? s'étonna Éric.

— Non, reprit Kerstin, je n'en suis pas certaine. Gram est une épée qui a été confiée au père de Siegfried par Wotan mais celui-ci s'en est servi contre le dieu et ça l'a brisée…

— Attends ! C'est qui ce Siegfried ?

— Siegfried ? C'est le grand héros germanique de la légende des Nibelungen ! Vous ne connaissez pas ?

— Eh bien… euh…

— Mais si ! Le type qui tue le dragon et se trempe dans son sang pour devenir invincible ! Le trésor des Nibelungen ?

— Eh bien maintenant que tu en parles, ça me dit quelque chose…

— Bon, OK ! Je vous la fais courte ! La légende dit que Siegfried voulait tuer le dragon qui gardait le fabuleux trésor des Nibelungen et surtout s'accaparer l'anneau magique des Nibelungen. Il demanda à un nain, Mime je crois, de lui confectionner une épée qui pourrait vaincre le dragon.

— Un nain ? Comme ceux qu'on a dans nos légendes nordiques ?

— Oui Anna, les mêmes, ceux qui ont forgé les armes des Dieux ! Je continue... Siegfried tellement impatient d'avoir une telle épée, ne laisse pas le temps au nain de la finir et la teste en assénant un coup violent sur l'enclume. Ce qui, je te le donne en mille, brise l'épée... Le nain Mime est furieux de voir son travail anéanti et Siegfried l'est tout autant de ne pas avoir d'épée. Le nain reforge alors une seconde épée et Siegfried lui fait le même coup ! L'épée se brise à nouveau sur l'enclume et le nain est de plus en plus furieux. C'est alors qu'il lui dit que s'il veut une épée vraiment solide, il n'a qu'à lui apporter les morceaux de l'épée de son père, l'épée Gram, qu'il reforgera... Ce qu'il fait ! Siegfried teste alors l'épée sur l'enclume qui, cette fois, est fendue en deux par la lame ! La suite est simple, Siegfried tue le dragon, se trempe dans son sang pour devenir invincible et mange le cœur de l'animal afin de voir l'avenir. C'est alors qu'il découvre que le nain projette de le tuer pour récupérer le trésor en se servant des épées qu'il a forgées. Il revient alors à la grotte de Mime et le tue avant que celui-ci ne puisse faire quoi que ce soit.

— Mais où sont passées les épées alors ?

— Attends je vous raconte la légende jusqu'au bout... Siegfried en se trempant dans le sang du dragon ne voit pas qu'une feuille tombe sur son épaule et que cette partie ne sera pas protégée par le sang du dragon !

— Laisse-moi deviner, c'est comme Achille et son talon…

— Exactement, il meurt trahi par ses amis, le roi *Gunther,* roi des Burgondes, et son frère ou vassal *Hagen von Troje* à qui il avait fait cadeau à chacun des deux autres épées forgées par la main de Mime.

— Mais les épées étaient cassées non ?

— Vous pensez bien qu'en ce temps-là, une épée avait de la valeur et le nain les avait réparées, de toute façon Siegfried les avait vues dans son rêve ! Bref, ensuite *Hagen von Troje* de peur que tout le monde s'en prenne à lui ou par fidélité ou remords, j'en sais rien, jette le trésor dans le Rhin… Trésor qui ne sera jamais retrouvé, je vous le donne en mille.

— Et la femme de Siegfried, elle devient quoi ?

— La femme de Siegfried, Kriemhild récupère l'épée de son mari et découvre la trahison de Gunther et Hagen. Elle fulmine alors sa vengeance qu'elle va assouvir à ses prochaines noces avec le roi *Etzel.* Pendant le mariage, elle se sert de l'épée de feu son mari et tue les traîtres.

— Et maintenant où sont-elles ?

— Oui, oui, j'y viens ! On dit que le marié tellement furieux et humilié tue Kriemhild sur le champ et ordonne que l'épée de Siegfried soit rapportée en son lieu de création quant aux autres épées, je suppose qu'elles sont restées avec leurs propriétaires morts.

— Et bien il n'était pas tendre le nouveau mari !

— Je pense que cela ne te surprendra pas de savoir que le roi Etzel est parfois confondu avec Attila !

— Oui ça explique sa cruauté. Mais les épées alors où sont-elles ?

— Je ne sais pas… pour le roi des Burgondes et son ami Hagen, je suppose qu'ils sont retournés en Burgondie, dans leur tombeau…

— La Burgondie ? La Burgondie c'est la Bourgogne ! En France !

— Oui tu dis juste si nous nous plaçons au Ve siècle ! Mais la chanson des Nibelungen est écrite au IVe siècle et à cette époque les Burgondes sont établis au bord du Rhin et leur capitale est Worms !

— Worms ? Tout se tient alors !

— Je te demande pardon, Anna ?

— Oui le forgeron à Roskilde nous a dit que l'épée avait sans doute été forgée vers Francfort et dans les archives du roi Étienne, il semblerait que l'épée aurait été achetée à Worms.

— D'accord Anna, mais cela ne nous dit pas où se trouve l'épée de Siegfried ? s'exclama Éric.

— Personne ne le sait, poursuivit Kerstin, on pense qu'elle doit se trouver quelque part dans le *Siebengebirge*, si elle existe vraiment.

— Le *Siebengebirge* ? C'est loin d'ici ?

— Non, tout au plus une heure de route… Après on peut toujours voir du côté du *Nibelungenhalle*.

— Le *Nibelungenhalle* ? C'est quoi ?

— C'est une sorte de mémorial construit avant la deuxième guerre mondiale à la gloire de Wagner et du mythe de Siegfried.

— Et tu crois que cela peut nous apporter quelque chose ?

— Je ne sais pas ! À côté se trouvent les ruines du *Drachenfels*, l'ancien château du dragon, alors je me dis pourquoi pas commencer par ça ?

Le récit de Kerstin avait captivé Éric au point qu'il avait oublié de s'occuper de refermer l'entaille qu'il s'était faite pour révéler les inscriptions de l'épée d'Alphen. Aussi il n'avait pas remarqué que son sang se répandait le long de la lame et entrait justement en contact avec l'inscription. Les lettres s'illuminèrent mais au lieu de révéler une nouvelle fois les inscriptions runiques, cette fois-ci, l'épée s'enflamma complètement.

— Éric ! L'épée, attention ! cria Anna.

À ces cris, Éric lâcha les deux épées mais contre toute attente, au lieu de tomber au sol, la deuxième épée s'enflamma elle aussi et toutes deux se mirent à flotter en tournoyant de plus en plus vite au point qu'on ne put plus les distinguer.

— Éric qu'est-ce qui se passe là ? s'inquiéta Niels

— Je n'en ai aucune idée, c'est la première fois qu'on voit ça !

Les épées n'arrêtaient pas de tourner avec une vitesse folle dans un tourbillon de flammes et de lumière bleue qui les aveuglaient puis soudain tout s'arrêta. Une fois leurs yeux réhabitués à la lumière ambiante, ils découvrirent, stupéfaits, non pas deux épées mais une seule! Sa lame était rutilante et tranchante, la poignée était entourée d'un ruban de cuir marron parfaitement ouvragé et le pommeau était serti d'une pierre jaune qui lançait quelques étincelles.

— Qu'est-ce qui s'est passé? demanda Niels.

— Aucune idée, répondit Anna.

Éric se risqua à saisir l'épée.

— Elle est super légère et… Oh! Regardez! Il y a une nouvelle inscription, mais cette fois-ci les runes ne sont pas cachées!

— Et qu'est-ce que ça dit?

— En fait on dirait que l'inscription a été complétée, ça dit : « Par le sang, Brotning la honteuse, Bæsing la sanglante, Gram la divine, telles trois sœurs à la fois semblables et différentes, chacune maudite pour l'éternité. Tel est le legs de Regin »!

— Regin? C'est qui ce Regin?

— Attendez, attendez! dit Kerstin qui se concentrait… Regin et Mime c'est la même chose!

— Tu veux dire que Regin c'est le nain Mime qui a forgé l'épée?

— Oui c'est un mélange entre la culture germanique et nordique comme on avait Wotan et Odin tout à l'heure. Chez nous on l'appelle Mime mais chez vous on l'appelle Regin!

— Attends mon cœur, ne va pas trop vite. Si je comprends bien c'est ce type qui a forgé les épées et qui a aussi créé cette malédiction?

— C'est possible Niels ! Réfléchissez ! Le nain fabrique des épées qui sont des armes fantastiques et magiques mais Siegfried lui casse son travail.

— En tout cas ça ne justifie pas une malédiction !

— Oui, oui, mais admettons qu'il voulait vaincre Siegfried après lui avoir donné l'épée du dieu Odin ! Comment aurait-il fait ?

— Bien pour ça il aurait fallu qu'il se fabrique une arme aussi puissante !

— Tout à fait ! Et comment aurait-il pu faire ?

— Oh je vois où tu veux en venir… Le petit malin au lieu de réparer l'épée Gram d'Odin, il en a fait trois avec le métal des deux autres !

— OUIIII ! Et l'inscription prend du sens, les trois sœurs, les trois épées !

— Semblables parce qu'elles sont faites du même métal divin et…

— Et différentes parce qu'elles ont une origine unique !

— Mais comment savoir quelle épée est Gram, Brotning ou Bæsing ?

— En fait il n'y a qu'une seule épée !

— Une seule épée, comment ça ?

— Oui, la seule épée que nous cherchons c'est Gram !

— Alors là Kerstin, je ne comprends plus rien !

— Mais si Éric ! Brotning la honteuse ce serait plutôt celle du *British Museum* !

— Pourquoi ?

— Parce que le croisé auquel elle a appartenu a été traité de lâche, la honte quoi !

— Et la vôtre ? L'épée d'Alphen ?

— Oh c'est facile, elle a appartenu à *Henri de Brabant…* qu'on appelait le guerroyeur ou le courageux…

— D'où Bæsing la sanglante !

— Mais alors Gram la divine c'est celle de Siegfried !

— Oui c'est pas génial ?

— Si, si… sauf qu'on ne sait pas où elle se trouve ! Et puis il y a quand même un truc bizarre.

— Comment ça Éric ?

— Oui, tu dis que le nain a forgé les épées avec le métal d'une seule. C'est évident que ce n'est pas possible !

— Pourquoi cela ?

— Eh bien au mieux cela aurait donné des grands couteaux, mais pas des épées, il n'aurait pas eu assez de métal pour ça.

— Tu as raison… je pense qu'il a dû en rajouter.

— Donc il aurait dilué, en quelque sorte, le pouvoir de l'épée d'Odin !

— Effectivement ! Et si je te suis, si on retrouve la dernière épée, on retrouvera l'intégralité des pouvoirs de l'épée d'Odin, s'il se passe la même chose !

— Comment ça ?

— Eh bien si à chaque fois les épées se mettent à fusionner, je pense qu'elles prennent à chaque fois plus de pouvoir !

— Alors du coup cette malédiction commence à prendre du sens…

— Qu'est-ce que tu veux dire par là ?

— Réfléchis ! J'ai l'impression que cette malédiction est un sortilège pour empêcher que les trois épées ne deviennent qu'une ! Celle d'Odin !

— Mais qui a intérêt à faire ça ?

— Là est la question ! Siegfried n'était pas au courant de l'existence de trois épées divines. Mais même s'il l'avait été, je pense qu'au contraire, il aurait eu intérêt à les réunir ! Il aurait voulu être le seul détenteur de cette puissance divine ! Comme il le pensait d'ailleurs en croyant détenir la seule et unique Gram !

— Le nain alors, comme tu le suggérais ? C'est une forme de sorcier non ? Il a la capacité de jeter un sort ou une malédiction !

— Oui c'est possible mais à y réfléchir les nains ne sont généralement pas réputés pour détenir de tels pouvoirs, aussi je ne pense pas qu'il en soit responsable ! Lui aussi, avait intérêt à ce que les épées soient réunies… pour les mêmes raisons d'ailleurs. Tout est question de pouvoir.

— Alors qui ?

— Aucune idée ! Mais en tout cas c'est une personne qui ne souhaite pas que les épées soient réunies et que quelqu'un s'empare du pouvoir du dieu Odin.

— Un autre Dieu, alors ?

— Non… N'importe quel autre Dieu aurait voulu de l'épée d'Odin… Je pencherais plutôt pour un autre nain ou un sorcier par exemple.

— Un autre nain ?

— Oui un nain jaloux ou peut-être que je me suis trompée et que Regin et Mime sont deux nains différents. Je crois que la clé de l'énigme c'est la dernière épée ! Mais dis-moi, Éric, tout à l'heure, tu ne m'as pas dit que tu pouvais ressentir l'épée ?

— Oui, je ressens une drôle de sensation quand je suis à proximité ou à son contact mais…

— Bon ! On sait que l'épée est certainement dans la région, donc il suffit de s'y promener avec toi, non ?

— Euh oui, si tu le dis…

— C'est réglé ! Demain je vous amène au *Nibelungenhalle*, le mémorial au mythe de Siegfried ! Vous verrez c'est assez glauque… Peut-être que ça t'inspirera !

Kerstin avait retrouvé toute sa vivacité et semblait prendre les choses en mains ce qui n'était pas pour mécontenter Anna. Elle pensa enfin qu'ils étaient proches du but même si cette idée de balade dans les collines du *Siebengebirge* lui semblait saugrenue. « Bah ! Au pire ce ne sera qu'une balade touristique », pensa-t-elle.

— Allez ! Rangez-moi cette épée dans le fourreau que vous avez amené et suivez-moi, je vous ramène à l'hôtel ! lança Kerstin à la troupe tout en se dirigeant au pas de course vers la sortie.

Les jeunes gens s'exécutèrent et Niels se mis à courir
derrière son amie tout en tentant, tant bien que mal, de
cacher l'énorme tâche de sang du chemisier de Kerstin
à l'aide de sa vareuse.

Chapitre 10

Il était déjà dix heures du matin lorsque Kerstin et Niels passèrent les prendre en voiture devant l'hôtel. Ils avaient alors roulé une bonne heure avant d'arriver à *Königswinter*. C'était dimanche, le trafic était plutôt fluide sur cette portion d'autoroute, au contraire des autres jours. Le parking du funiculaire se situait à quelque pas du pont d'autoroute et ils y trouveraient à coup sûr une place libre. Cependant le voyage s'était déroulé dans un silence tombal. Il flottait dans l'habitacle un malaise qui plombait l'atmosphère et cela venait de Kerstin. Éric et Anna ne savaient pas trop comment réagir. Niels lui avait certainement tout raconté mais rien n'expliquait son mutisme. Aussi une fois arrivée dans le funiculaire, Anna entama une discussion en anglais avec elle.

— Kerstin, je voulais te remercier pour hier…

— Oh ce n'est rien ! répondit-elle froidement.

— Si c'est beaucoup ! C'est beaucoup te demander et… Je t'ai donné un coup de couteau…

— Ne t'en fait pas pour ça ! Niels m'a promis un nouveau chemisier… Et puis maintenant je suis bien obligée d'aller jusqu'au bout de cette histoire si je veux récupérer mon épée.

— Eh bien pour être honnête avec toi, je ne suis pas certaine que l'on puisse la récupérer.

— Je sais, mais maintenant je ne peux plus faire machine arrière !

— Que veux-tu dire par là ?

— Eh bien je connais votre secret et ça me fascine… Mais je dois aussi l'avouer vous me faites peur !

— Peur ? Mais pourquoi ?

— Niels m'a dit que tu pouvais ouvrir des vortex sur des mondes parallèles avec ton artefact et qu'Éric en plus de son don pour les langues, de sa force et ses capacités à soigner les gens, pouvait aussi se servir d'une arme ultra puissante, le bracelet d'Odin ou je ne sais trop quoi !

Voilà donc quelle était la raison de ce silence. Kerstin était mal à l'aise et ne savait pas trop quoi penser de ses nouveaux compagnons de voyage. Elle oscillait entre peur et fascination. Elle vivait quelque chose d'incroyable et elle le savait. Une chose qu'il n'arrive pratiquement jamais dans une vie d'universitaire comme elle et c'était peut-être la chance de sa vie ! Mais une chance pour quoi faire ? Ce pouvait être dangereux et elle le savait aussi. Anna tenta de la rassurer.

— Écoute Kerstin, nous n'avons pas toujours été comme ça. Ce truc nous est tombé dessus et on a fait avec… Comme on a pu.

— Mais ce morceau de métal ramené d'Irak par Niels, aurait pu très bien toucher d'autres personnes ou tuer des gens !

— Oui mais il ne l'a pas fait ! Au lieu de ça, c'est Éric qu'il a choisi, pas n'importe qui ! Éric ! Un mec coincé, sympa, gentil et qui ne ferait pas de mal à une mouche. Et si Niels t'a bien tout raconté, il a dû aussi t'expliquer que lorsque l'engin qu'ils avaient découvert a explosé, une force les a tous protégés… Il n'y a eu aucune victime !

— Oui, oui… je sais tout ça mais j'ai du mal à y croire !

— Franchement, tu nous as vus ? On n'est pas fichu de cambrioler un musée alors comment pourrait-on faire peur ou être dangereux ?

— Oui, sur ce coup-là, tu marques un point. Je dois bien avouer que vous avez été impressionnants de nullité… D'autant qu'à ta place j'aurais fait autrement ! ajouta-t-elle.

À ce moment, Anna crut percevoir ce qui devait ressembler à un début de sourire, synonyme de dégel ?

— Ah bon et comment aurais-tu fait ?

— Et bien si ton bâton fait bien ce que Niels m'a décrit, je me serais téléportée dedans, j'aurai pris l'épée et je me serais volatilisée sitôt l'épée en main ! Personne n'aurait rien vu !

— Mouiii…

Anna regardait l'artefact qu'elle avait emmené avec elle d'une telle manière qu'on aurait dit qu'elle lui reprochait de ne pas lui avoir, lui-même, soufflé cette idée qu'elle trouvait déconcertante de facilité. Cependant, elle savait très bien qu'elle ne maîtrisait pas le bâton temporel, c'est tout juste si elle s'en était servi deux fois. Alors quant à l'idée de l'utiliser pour un oui ou pour un non… Très peu pour elle ! Il lui fallait un peu plus d'expérience et le professeur Christiansen serait certainement fier de son attitude. Le funiculaire ralentit et la crémaillère grinça puis couina jusqu'à se taire définitivement à l'arrêt complet de la machine. Elle rangea le bâton dans son petit sac à dos.

— Suivez-moi, on va suivre le chemin le long de la voie et vous allez voir ! fit Kerstin en sautant du wagon comme une gamine arrivant dans un parc d'attraction.

Vous allez voir ? La seule chose qu'ils voyaient tous à présent, c'était ce château de briques rouges très élégant qui se tenait à leur droite.

— Je doute que nous trouvions quelque chose ici ! dit Éric, en regardant le château.

— Oui… ce château est loin d'avoir été bâti au XIe siècle, n'est-ce pas Kerstin ?

— Oh vous parlez du *Drachenburg* ? Non je ne pense pas non plus, c'est un château qui a été construit dans les années 80 par un architecte de Düsseldorf, un certain *Leo von Ebbema* !

— Quoi il est si récent ? s'étonna Éric

— Pardon je veux dire 1880… Eh oui ! Il est assez récent, c'est pour ça que je pensais plutôt aux ruines du *Drachenfels*, plus haut. Lui, il date de 1167 !

— *Drachenfels, Drachenfels…* le rocher du dragon ?

— Oui c'est ça Éric ! Mais avant vous devez absolument voir le *Nibelungenhalle*.

Niels qui n'avait rien dit jusqu'à présent, n'en perdait pour autant aucune miette. Il observait attentivement le *Drachenburg* et ses tours élégantes. Décidément il le trouvait vraiment sympathique, ce château, et si familier… Familier, oui, mais il n'aurait pas su dire pourquoi ! Ce fut Éric qui lui apporta la réponse.

— C'est marrant, on dirait une copie du château de Walt Disney… Tu vas voir qu'on va croiser Blanche Neige…

— Et les sept nains ! Éric ! Après tout, cette histoire d'épée est pleine de nains ! plaisanta Anna.

Après quelques minutes de marche sur le chemin gravillonné, la petite troupe s'arrêta devant un curieux édifice.

— Nous y voilà ! lança Kerstin. Bienvenue au *Nibelungenhalle* !

Kerstin les avait prévenus… Ce serait un peu glauque. Mais le bâtiment qu'ils avaient à présent devant les yeux était vraiment très bizarre. On aurait dit une sorte de bunker dont le corps arrondi débutait par une façade plate et massive en pierres sombres structurée de potences en béton. L'édifice était surmonté d'un toit en forme de dôme recouvert de zinc et arborant une douzaine de hublots répartis régulièrement sur son périmètre. Six barres de béton servant de contrefort avaient été disposées tout autour du bâtiment et d'énormes têtes barbues sculptées dans la roche et aux visages très inquiétants, leur servaient de chapiteau à l'instar de colonnes classiques. Curieusement, ces énormes têtes sculptées ne sautaient pas immédiatement aux yeux lorsqu'on arrivait. Elles étaient comme les yeux discrets de l'endroit.

La façade était particulièrement intéressante. Deux grandes colonnes carrées soutenaient un fronton qui portait l'inscription « Nibelungenhalle » en lettres runiques. Chacune des deux colonnes possédait en guise de chapiteau, une frise sculptée représentant la création de l'épée de Siegfried. Sur la colonne de droite, trois nains forgerons s'affairaient autour d'une enclume tandis qu'à gauche, un nain présentait une grande épée devant lui, pendant que les deux autres semblaient satisfaits de leur travail. Il était évident que les nains étaient d'inspiration scandinave. Ils portaient tous de longues barbes à volutes très travaillées et leur coiffure était tirée en arrière pour former une queue de cheval à la manière des guerriers vikings d'antan. Quant à leurs vêtements, ils auraient pu être ceux de la petite troupe de guerriers d'Anna et ne ressemblaient absolument pas à des habits de forgeron.

Au-dessus de la porte, il y avait un bloc de béton percé de trois ouvertures : un hublot à gauche, un autre à droite et une sorte de vasistas rectangulaire au centre. Chacune des ouvertures était recouverte d'une grille en fer forgé. Celle des hublots formait une croix gammée très artistique, tandis que celle du vasistas rectangulaire était agrémentée de motifs nordiques. La présence de ces croix gammées, même stylisées, les mit mal à l'aise. Mais ce n'était pas tout.

La porte était garnie d'inscriptions en métal formant une sorte d'ode à la gloire de Wagner. Au-dessus, deux dragons se regardaient et au milieu on trouvait encore d'autres svastikas. Enfin, tout en bas, deux serpents métalliques se faisaient faces et rappelaient le serpent *Jörmungandr* des légendes nordiques.

La serrure, quant à elle, s'incrustait au centre du pommeau d'une épée gigantesque qui semblait sortir d'un soleil ardant métallique, sans doute pour lui donner un sens magique ou mystique.

Hormis la présence dérangeante des svastikas, le bâtiment avait quelque chose du sous-marin du capitaine Némo.

— C'est un ancien bunker nazi ? se risqua à demander Anna.

— Pas du tout ! répondit Kerstin offusquée par sa remarque.

— Mais pourtant on y voit partout des svastikas !

— Et alors ? Il n'y a pas que les nazis qui ont des svastikas, on en trouve aussi sur des temples chinois !

— Enfin on est en Allemagne et ça c'est un truc de nazis, c'est évident ! rétorqua Anna.

— Oui ce doit être encore un coup de l'*Ahnenerbe* ! surenchérit Éric.

— Dis-moi Niels, ton cousin et sa copine, ils sont débiles ou ils le font exprès ? Vous n'apprenez rien en histoire vous ?

— Heu… Bien…

— D'accord, j'ai compris ! Il va falloir que je vous donne un cours en accéléré sinon vous allez encore raconter pas mal de bêtises !

— Eh bien Kerstin, faut quand même avouer que les svastikas font désordre dans le paysage, non ?

— Anna, ma petite chérie, ce que tu juges maintenant, c'est avec tes yeux de la fin du XXe siècle ! Ce bâtiment a été construit en 1913 pour le centenaire de la naissance de Wagner par deux architectes, *Hans Meier* et *Werner Behrendt*, précurseurs de l'Art Nouveau. Donc bien avant les nazis. D'ailleurs pour ta gouverne, les nazis détestaient l'Art Nouveau et surtout le mouvement qui est venu après, le Bauhaus… Ils parlaient d'art décadent !

— Alors pourquoi les svastikas ?

— Figure-toi qu'à cette époque les svastikas n'avaient pas cette connotation nazie. C'était un symbole de paix et de sérénité que l'on retrouvait sur plein de monuments, en Chine, en Asie et ailleurs… Donc je pense que les architectes ont voulu donner un aspect mystique à cette légende de Siegfried et au génie de Wagner… Croyez-moi les nazis n'ont rien à voir là-dedans. Mais je comprends votre choc ! Aujourd'hui, après ce qu'ont fait les nazis, les croix gammées ont été interdites dans pas mal de pays dans le monde. Du coup dès qu'on en voit une, on pense tout de suite à eux.

Un peu à la traîne, Niels ne bronchait toujours pas et observait longuement les frises. Plus il les regardait et plus il se sentait mal à l'aise. C'était comme si les nains le regardaient, l'observaient, le suivaient des yeux, comme s'ils se méfiaient de lui. Son estomac se noua. Sa main serra un peu plus fort l'épée qu'on lui avait confiée, peut-être dans un réflexe d'angoisse, ou d'instinct de survie puis il pressa le pas pour rejoindre les autres.

Kerstin acheta les billets et ils entrèrent dans le bâtiment…

Le « Der Ring der Nibelungen » de Wagner passait comme fond musical et envoûtait tout l'espace. L'endroit baignait dans une atmosphère sombre et la faible lumière qui traversait les hublots du toit suffisait à lui donner un petit quelque chose de mystérieux. Aux murs, de nombreuses œuvres du peintre *Hermann Hendrich* louant les exploits de Siegfried avaient été accrochées. Les petits spots au-dessus les rendaient plus lumineuses malgré les teintes sombres que le peintre avait employées.

Au sol, un énorme serpent en mosaïque cheminait autour d'un arbre qui devait sans conteste représenter *Yggdrasil*, l'arbre de vie. Anna reconnut immédiatement le serpent *Jörmungandr* des légendes scandinaves.

Au fond, une alcôve avait été aménagée comme une sorte d'autel où une épée reposait sur une enclume. Un rayon de soleil en provenance d'un des hublots du toit, caressait l'épée. À l'extérieur les nuages jouaient à cache-cache avec le soleil et le rayon s'estompait par moment. Quand ceux-ci disparaissaient, la lame scintillait à nouveau et prenait des reflets magiques. On pouvait alors croire que l'épée possédait la grâce des Dieux. Éric était fasciné.

— C'est l'épée de Siegfried ? demanda-t-il à Kerstin.

— D'après toi ?

— Eh bien euh… C'est peut-être un peu trop facile !

— Bien sûr, c'est une copie ! Tu trouves qu'elle ressemble aux nôtres… enfin à la nôtre ?

— À vrai dire, pas vraiment, on dirait une épée du XVIIe siècle.

— Tout juste ! C'est une épée de pacotille mais elle fait le job non ?

— Oui…

— Je trouvais intéressant de vous montrer cet endroit et ce mélange des genres, entre musique, peinture, culture scandinave et germanique, curieux non ?

— Oui… Oui… C'est quand même un peu glauque !

— De toute façon tu ne ressens rien ici ?

— Eh bien, je ressens un certain malaise mais je ne pourrais pas le décrire… ni dire si cela a un rapport avec la malédiction.

— Tu sais qu'on a aussi le dragon de la légende !

— Le dragon ? Où ça ?

— Suivez-moi dehors…

Toute excitée, Kerstin sortit en trombe, dévala l'escalier puis s'engouffra dans une sorte de passage secret à la gauche du bâtiment et que personne n'avait vu tout à l'heure. En guise de passage secret, il s'agissait plutôt d'un sombre tunnel de béton recouvert en partie par la verdure environnante. Il semblait faire le tour du *Nibelungenhalle*. Ils marchèrent alors une dizaine de mètres lentement dans la pénombre puis d'un coup la lumière jaillit. Ils étaient maintenant à l'extérieur au beau milieu d'un petit jardin aménagé. Un énorme dragon de près de 15 mètres de long en béton s'abreuvait dans une petite marre, les pieds au bord de l'eau.

— Incroyable! s'enthousiasma Éric. Qu'est-ce que tu en dis Anna?

Anna ne dit rien et son silence les inquiéta.

— Ça ne va pas, Anna? demanda Niels.

Anna fermait les yeux et restait silencieuse, comme si elle essayait de compenser une douleur.

— Elle est en train de faire un malaise! s'écria Niels.

Anna ouvrit subitement ses paupières mais le jade de ses yeux avait laissé place à une lumière bleue…

— Non ça va Niels mais je ressens quelque chose là! Pas toi Éric?

— Je ressens aussi quelque chose mais ça ne me fait pas le même effet que toi.

C'est alors que les yeux d'Anna se révulsèrent et elle se mit dans une sorte d'état de transe. Elle récita la malédiction de l'épée :

— Par le sang, Brotning la honteuse, Bæsing la sanglante, Gram la divine, telles trois sœurs à la fois semblables et différentes, chacune maudite pour l'éternité, tel est le legs de Regin!

Niels et Kerstin s'éloignèrent de peur qu'il ne se passe quelque chose et Anna ponctua la malédiction par une sorte d'incantation.

— Aallatti… AALLATTI!

— Aallatti? C'est quoi ça « Aallatti »? demanda Éric.

— Je ne sais pas, ça m'est passé par la tête comme ça ? répondit-elle en retrouvant son état normal.

Des craquements se firent entendre, d'abord discrets, puis de plus en plus forts. C'était comme si les rochers d'une falaise étaient en train de se détacher, comme si on se mettait à frotter des pierres les unes contre les autres. Kerstin et Niels reculèrent davantage sans trop savoir d'où pouvait provenir le danger. Tous leurs sens étaient en alerte. Puis Kerstin balbutia :

— Là ! Le… le… le dragon ! Il bouge !

— Tu racontes n'importe quoi, c'est ton imagination, lui répondit Niels.

— Non… Je… Je t'assure… Il bouge ! Regarde !

Le béton qui formait le dragon devenait poudreux. Les écailles de son corps se mettaient à frémir. Il était en train de prendre vie. La tête du dragon oscilla d'un coup vers Niels et deux énormes yeux d'ambre lumineux se mirent à le fixer. Niels pouvait même sentir le souffle chaud qui s'échappait de la gueule du monstre.

— Putain, il me regarde ! Il est vivant ! Merde Éric fait quelque chose !

Éric voulu immédiatement se servir de son bracelet mais celui-ci ne fonctionna pas et le dragon lança son imposante queue sur lui. Il l'évita de justesse. Fort heureusement le dragon bougeait très lentement comme s'il sortait de léthargie.

— Éric ! Sers-toi de l'épée avant qu'il ne devienne plus vigoureux ! cria Kerstin en lui lançant l'épée que portait Niels.

En saisissant l'épée au vol, les yeux d'Éric s'illuminèrent. Il s'élança mais le dragon plus rapide le contra d'un violent coup de queue qui le propulsa au bord du tunnel. Quelque peu sonné, il se releva rapidement en hurlant :

— VITE! METTEZ-VOUS DANS LE TUNNEL! IL EST TROP GROS, IL NE PASSERA PAS! Moi, je m'occupe de ce maudit lézard.

Il bondit alors à nouveau sur le dragon et lui enfonça l'épée dans la gorge. L'animal de pierre se débattit et secoua sa grosse tête dans tous les sens en hurlant à la mort pendant quelques secondes puis s'effondra! Le petit groupe sortit alors de son trou et se rapprocha prudemment.

— Bin mince! C'est tout? C'était trop facile! dit Éric.

— Ne te réjouis pas trop vite! dit Anna, je ne sais pas qu'elle autre surprise on nous réserve encore.

Kerstin s'approcha de l'animal et constata que la peau de celui-ci était encore souple, mais déjà la queue de l'animal commençait à se rigidifier.

— Vite, Éric! Comme dans la légende, ouvre-lui le ventre et prend-lui son cœur.

Éric s'exécuta. D'un grand coup d'épée il fendit le dragon dans sa longueur et un liquide jaune luminescent s'échappa de la carcasse…

— Vas-y, Éric, cria Kerstin, plonge ta main dedans!

Éric prit une mine dégoûtée mais enfonça tout de même sa main dans la plaie visqueuse à la recherche de l'organe. Mais au lieu d'organe, il tira une nouvelle épée, identique à la sienne.

— Gram ! c'est Gram !

Dès l'épée retirée du ventre de l'animal, celui-ci reprit sa position d'origine et redevint un monstre du béton comme si rien ne s'était passé.

— C'est quoi ça encore ? De la magie ?

— Tu ne penses pas si bien dire Kerstin, reprit Anna. Je crois que celui qui veut protéger cette épée maîtrise la sorcellerie c'est certain. Comme je suis certaine que ça n'a rien à voir avec les nains ou Siegfried, c'est quelqu'un d'autre.

— De la sorcellerie ?

— Oui… J'ai ressenti la même chose quand j'ai bu l'hydromel des Dieux la dernière fois.

— Mais pourquoi as-tu crié « Aallatti » ? demanda Éric.

— « Aallatti » ? Ah oui, je me rappelle maintenant. C'est un mot pour activer une formule magique, une incantation, enfin ce genre de chose.

— Eh bien c'est réussi, tu as réveillé le dragon !

— Bon je pense qu'il est temps de savoir s'il s'agit bien de la bonne épée ! fit Anna en lui tendant son canif.

Éric comprit immédiatement. Il saisit le canif et s'entailla le poignet. Puis, il plaça les épées à terre et il fit couler le filet de sang sur les inscriptions. Il s'éloigna rapidement. Tout le monde s'attendait à voir une réaction violente, une tornade de feu, un son et lumière grandiose… mais rien ne se passa.

— Ce n'est pas la bonne épée! dit Anna.

— Ce n'est pas possible, pourquoi se donner tant de mal pour cacher une épée qui n'aurait pas de valeur? C'est certainement la bonne, affirma Kerstin.

— Mais peut-être que non. Peut-être que c'est bon mais que rien d'extraordinaire doit se passer.

— Ne dis pas de bêtise, Éric, rétorqua Kerstin, il ne peut y avoir qu'une seule épée… Il faut qu'il se passe quelque chose!

Puis elle se mit à hurler «Aallatti» comme une folle.

— Qu'est-ce que tu fais, mon cœur? fit Niels avec étonnement.

— J'essaye la magie, Niels… C'est certainement ça «aallatti, aallatti, AALLAATTI»! cria-t-elle en faisant toutes sortes de gestes tout aussi incohérents et débiles les uns que les autres.

Niels la regardait faire, il ne l'avait jamais vue comme ça et il était partagé entre le fou-rire ou la tristesse tant elle était ridicule.

— Anna, je pense qu'elle n'a pas tort, tu devrais essayer, après tout c'est toi qui possèdes le *Seidr*! souffla Éric.

— Tu parles… Ce n'est pas parce que j'ai bu un peu d'hydromel des Dieux une fois que ça fait de moi l'héritière de la magie de Freyja.

— Disons alors que cela ne coûte rien d'essayer… Ou bien qu'on n'a pas le droit de laisser Kerstin se ridiculiser d'avantage.

— Hum tu as raison… Ce n'est pas la poule qu'elle imite là ?

Kerstin continuait à gesticuler dans tous les sens en hurlant des « aallatti » à tort et à travers, parfois mélangé à des « abracadabra » ou d'autres choses encore. Bref, tout ce qui pouvait lui passer par la tête. Niels, Anna et Éric regardaient le triste spectacle et s'en amusaient.

— Bon assez joué, dit Éric. Vas-y maintenant…

Anna se concentra et ses yeux reprirent la même couleur bleue luminescente de tout à l'heure. Elle tendit lentement ses bras en direction des épées, prit une grande inspiration et hurla : « komdu til mín, Odin sverð, aallatti, aallatti, að álögin séu brotin ! Allatti ».

Le résultat ne se fit pas attendre. Les deux épées s'élevèrent ensemble dans les airs en s'enflammant et un flot de feu et de lumière bleue les fit tournoyer de plus en plus vite jusqu'à ce que plus personne ne puisse les distinguer. Puis il y eut une explosion de lumière… et plus rien. Il ne restait à présent qu'une seule épée, plantée dans le sol.

— C'est moi qui ai fait ça ? demanda Kerstin encore toute chamboulée par ce qu'elle venait de voir.

— Non… C'est Anna ! répondit Niels, et quelque part ça me rassure…

— Oui, c'est vrai que tu n'es pas très convaincante dans le rôle de la poule ! ironisa Éric.

— La poule ? Quelle poule ?

— Ce n'est pas la poule que tu imitais tout à l'heure, mon cœur ?

— C'est ça, moquez-vous ! Il fallait bien essayer quelque chose !

Anna n'avait rien dit jusque-là. Elle inspectait l'épée plantée devant elle sans oser la toucher. Éric comprit que quelque chose clochait.

— Que se passe-t-il Anna ? Ce n'est pas fini ?

— Non, non… Je crois bien que c'est la bonne épée. Non ! J'en suis certaine mais regardez, il n'y a plus d'inscription sur la lame !

Ils s'approchèrent et constatèrent eux-aussi la même chose. La lame était lisse et brillante et ne présentait aucune marque sur aucune face. À part ce détail, elle ne montrait aucune différence avec la précédente. La forme était la même, le pommeau était identique et elle était ornée de la même pierre d'ambre qui jetait les mêmes petits jets de lumière de temps en temps. Rien n'aurait pu les distinguer l'une de l'autre, à part les inscriptions.

— S'il n'y a plus d'inscription, c'est qu'il n'y a plus de malédiction alors ! s'écria Anna folle de joie en se jetant au cou d'Éric.

Éric s'empressa de soulever son T-shirt pour le vérifier. Mais, la vilaine plaie était toujours là, toujours douloureuse au toucher et les mêmes filets de lumière bleue qui se manifestaient, confirmaient ce qu'il redoutait : la malédiction n'était pas levée !

— Je ne comprends pas ! Pourquoi ça n'a pas marché ?

— Je ne suis pas une grande spécialiste de la magie, comme vous avez pu le voir, mais je pense qu'il n'y a pas une malédiction mais deux.

— Quoi ? Deux malédictions ? Que veux-tu dire Kerstin ?

— Eh bien, nous sommes tous d'accord pour penser qu'une personne a voulu tout faire pour empêcher la réunion des trois épées ?

— Oui c'est certain !

— Quelqu'un ne veut donc pas que l'épée d'Odin soit retrouvée ! Imaginons que ce quelqu'un soit très malin… Il sait qu'il est quand même possible qu'une personne parvienne à casser son sortilège. Qu'est-ce qu'il peut faire, d'autre ?

— Euh… Faire en sorte que personne ne puisse se servir de l'épée ?

— C'est ça Anna ! Il met en place une deuxième sécurité au cas où la première échouerait.

— Et donc… il maudit le porteur de l'épée !

— Oui c'est ce que je pense !

— Mais alors comment on fait pour soigner Éric ?

— Je pense qu'il faut retrouver cette personne ou le sorcier qui a jeté le sort.

— Mais on n'a aucune piste !

— Je…

— Ça s'est passé au XIe siècle, il est mort depuis ! C'est foutu !

— Pas forcément, reprit Éric !

— Tu penses à quoi ?

— Souviens-toi, Anna, dans l'office de tourisme de Lincoln… Il y avait bien une drôle d'histoire concernant cette épée, des événements troublants ou démoniaques…

— Et alors, on peut aussi dire que cela vient de l'imagination des crédules de l'époque ou encore du seul pouvoir de cette épée ?

— Et si le type était là à ce moment ? Et si c'était lui qui avait provoqué les événements de Witham ?

— Quoi, tu veux que l'on se rende sur place ? En 1141 à Lincoln, en pleine bataille ?

— Il est sérieux là, demanda Niels ?

— Oh oui, il est très sérieux, je le vois dans son regard !

— Mais ce n'est pas possible !

— Si Kerstin, c'est très possible avec mon bâton !

— L'artefact ?

— Oui ! On peut voyager d'un lieu à un autre, d'une époque à une autre et d'un monde à un autre !

— C'est génial !

— Pour une historienne c'est certain ! Mais pour nous cela signifie de se retrouver en pleine bataille à chercher une aiguille dans une botte de foin où tout ce qu'on fait ou que l'on touche peut avoir une incidence sur le futur, notre présent !

— Vu sous cet angle-là, effectivement c'est un voyage périlleux.

— D'autant que je ne maîtrise pas le voyage temporel… Je ne m'en suis servi qu'une fois ou deux !

— Et il n'y a pas un manuel d'explication ?

Anna sortit de son sac le bâton temporel et l'actionna. L'écran de contrôle lumineux apparut d'un coup et afficha des planètes et des symboles que seule Anna pouvait déchiffrer.

— Mince alors ! s'étonna Kerstin… C'est de la lumière, tout est lumière !

— Oui… Et je peux manipuler les objets lumineux, regarde !

Elle sélectionna une planète et aussitôt sa fiche de renseignements s'afficha, écrite dans une langue que personne ne pouvait comprendre.

— Mais tu vois ce n'est pas si intuitif ! Puis elle éteignit l'artefact.

— Rentrons à l'hôtel ! dit Niels. Allons manger un morceau, boire un coup et on va réfléchir à ce qu'on peut faire.

C'était de saines paroles ! Il était préférable de ne pas agir sur un coup de tête et de prendre le temps de réfléchir. Ils étaient tous d'accord là-dessus. Niels reprit alors le tunnel dans l'autre sens pour rejoindre le funiculaire suivi d'Anna et Kerstin. Éric arracha d'un coup sec l'épée du sol puis leur embraya le pas.

Au sortir du tunnel, Niels ne put s'empêcher de jeter un coup d'œil sur les nains sculptés.

— Euh… les amis… les nains, ils ne sont plus là !

— Arrête de plaisanter, Niels, ce n'est pas le moment !

— Mais je t'assure Kerstin, je ne plaisante pas ! Regarde par toi-même !

Les nains avaient effectivement déserté les chapiteaux des deux colonnes. Même l'épée de pierre avait disparu.

— Mais, où sont-ils donc passés?

— Peut-être que le dragon les a fait disparaître!

— Bien, moi je ne vais pas attendre que leurs sales petites gueules reviennent! lança Niels.

Subitement six nains de pierre apparurent devant eux, manifestement très en colère. Le sixième, celui qui portait la plus longue barbe était en retrait. Il tenait l'épée de pierre de la frise et semblait être le chef de cette petite bande.

— *Gefðu okkur sverðið!* Cria leur chef.

— Qu'est-ce qu'il dit, Éric?

— Il veut qu'on lui donne l'épée!

— Quoi? Hors de question! s'interposa Kerstin.

Les cinq nains se tournèrent alors vers leur chef comme pour attendre ses ordres.

— *Svo deyja!* Alors mourrez! dit-il d'une voix glaçante.

Les cinq nains bondirent sur les jeunes gens mais Éric réagit aussitôt. Il balança un violent coup de poing sur le plus proche qui le réduisit immédiatement en poussière. Avec l'épée, il fendit de haut en bas le suivant qui se transforma aussitôt en amas de pierres. Les trois restants s'en étaient déjà pris aux autres et Éric utilisa le bracelet qui cette fois fonctionna. Trois faisceaux de lumière bleue jaillirent simultanément du bracelet et pulvérisèrent les petits guerriers dans un nuage de poussière. Il n'en restait plus qu'un. Le petit barbu n'avait pas bougé et avait observé toute la scène sans rien faire, la petite épée en pierre à la main. À présent, Éric se tenait devant lui, en garde, prêt à en découdre.

— J'aurais dû m'en douter, avec le temps la pierre s'est fragilisée! dit le nain d'un calme olympien.

— Quoi?

— Mais il est plus surprenant encore de voir des gardiens ici!

— Gardien? qu'est-ce que cela veut dire? C'est la deuxième fois qu'on me traite de gardien! Parle! dit Éric en levant son épée.

En guise de réponse, les yeux du nain prirent une couleur ambrée et s'illuminèrent. Un épais nuage de poussières parsemé d'éclairs jaunes entoura alors le petit être au point de le cacher complètement. Le nuage se transforma très vite en une petite tornade de quelques mètres qui propulsa des poussières brûlantes et coupantes dans tous les sens. Au moment même où ils durent fermer les yeux pour se protéger, la tornade se volatilisa. Cette fois, au lieu d'un nain de pierre, se tenait devant eux un grand type au visage doux et dont la courte barbe blonde cachait des traits juvéniles. Cependant il était impossible de lui donner un âge. Il était vêtu comme un moine avec une robe de bure marron et tenait un long bâton surmonté d'une pierre jaune. Celle-ci lançait des petits jets de lumière et ressemblait à s'y méprendre à la pierre incrustée dans le pommeau de l'épée. L'homme les dévisageait un à uns de ses yeux encore luminescents.

— Qui êtes-vous?

— Vous ! Qui êtes-vous ? Tous les gardiens ont disparu !

— Des gardiens ? Qu'est-ce que c'est ? Et qui êtes-vous ? Répondez ! s'impatienta Éric en haussant le ton, près à lui sauter dessus.

— Nul ne doit connaître mon nom ! lança l'homme qui surprit Éric en lui assénant un coup de bâton qui lui fit valdinguer l'épée dans les airs et qui atterrit directement dans la main de l'inconnu.

En une fraction de seconde, l'homme avait réussi à le désarmer et s'était accaparé l'épée. Éric était décontenancé et n'eut pas le réflexe de réagir. Aussi il ne vit pas venir le deuxième coup de bâton qu'il se prit dans la figure et l'envoya au tapis à dix mètres derrière. La petite clique était médusée. Seul Éric avait la force nécessaire pour les défendre, mais il était à présent K.-O. !

— Dites à Hel qu'elle n'aura pas ce monde ! cria l'homme qui en même temps fit jaillir de la pierre de son bâton un vortex. Il sauta dedans et disparut dans le néant en un instant.

Kerstin bondit pour le suivre mais Anna la retint par le bras.

— Non ! Le vortex va se refermer d'ici quelques minutes et tu y seras piégée sans que l'on sache où te chercher.

— Mais on va perdre l'épée !

— On a encore une chance mais je dois faire vite !

Anna avait précipitamment sorti de son sac l'artefact et l'avait activé. Déjà elle manipulait les éléments lumineux du tableau de bord.

— Que fais-tu ? demanda Kerstin tandis que Niels secourait son cousin.

— Tout vortex laisse une trace pendant quelques secondes, si je la trouve je saurais où il est parti !

Anna semblait savoir quoi faire et manipula rapidement les commandes lumineuses du tableau de bord. Puis le vortex se referma.

— Ça y est ! Je te tiens !

— Tu l'as trouvé ?

— Oui ! On va lui faire la peau à ce type !

Éric avait repris ses esprits et s'était relevé.

— C'est foutu ! J'ai perdu l'épée !

— Non Éric ! J'ai récupéré l'empreinte de son vortex. On va l'avoir !

— L'avoir ? Non mais tu as vu comment il m'a désarmé ? Et comment il m'a mis K.-O. en un rien de temps ?

— Bien, tu n'étais pas prêt voilà tout !

— Pas prêt ? Tu plaisantes, ce type est super fort !

— C'est indéniable… mais nous sommes quatre.

— Quatre ? Ah oui ? Et tu veux qu'on se batte comment ? Eux, ils n'ont pas de pouvoir ! Ils vont se faire massacrer ! Et toi, tu crois que les trois mots magiques que tu connais, vont faire de toi un nouvel Harry Potter ? On n'est pas à *Poudlard* ! Réveille-toi !

Éric était désespéré et s'en prenait à elle. Anna ne perdit pas pour autant son calme cette fois. Elle lui répondit.

— Éric, c'est très simple, nous n'avons simplement pas le choix ! Quant aux autres, je ne peux pas les obliger à nous suivre.

Il y eut alors comme un silence assourdissant qui dura quelques instants. Kerstin fût la première à réagir.

— Quoi que vous fassiez, je viens avec vous ! Je veux aller au bout de tout ça ! N'importe quel historien tuerait père et mère pour venir.

Niels enchaîna…

— Moi je ne vous quitte pas ! Kerstin est la meilleure chose qui me soit arrivée depuis des lustres alors je me dois de veiller sur elle. Quant à vous deux, vous êtes la famille, ça ne se discute pas. Et puis, on a toujours besoin d'un médecin à bord, non ?

Pendant un instant, Éric ne dit plus rien… Mais une larme roula lentement le long de sa joue et parla à sa place. Puis il se reprit.

— Merci, merci à vous tous… Mais ça va être dangereux ! Vous le savez ?

— Ils le savent Éric…

— Bon… Où est-il ?

— À Vaneheim !

— Vaneheim ? Je ne connais pas cette ville ! C'est en Allemagne ? demanda Kerstin.

— Non, ce n'est pas une ville !

— Ah ? C'est quel pays alors ?

— Tu n'y es pas Kerstin. Vaneheim est un autre monde.

— Quoi ? Un autre monde ? Tu veux dire un monde parallèle ?

— Peut-être. Je ne sais pas. Tout ce que je sais c'est que ce monde s'est affiché sur le tableau de bord et c'est là qu'il est !

— Tu es certaine Anna ? Il ne serait pas plutôt à Alfheim ?

— Alfheim ? Pourquoi dis-tu ça ?

— Tu te rappelles lorsque nous étions à *Lindisfarne* en 793 ?

— Oui et alors…

— Le type qu'on a vu sur la tombe de Saint-Cuthbert, il ne te rappelle rien ?

— Le type… Celui qui est apparu pendant que tout s'effondrait ? Maintenant que tu en parles, oui, c'est vrai qu'il lui ressemble !

— Et tu te rappelles comment il a dit qu'il s'appelait, Anna ?

— Mer… Myrtille un truc comme ça. Mais je me souviens bien qu'il disait venir d'Alfheim, effectivement !

— Et tu es certaine que l'artefact indique Vaneheim et pas Alfheim ?

— Oui Éric, là-dessus je ne peux pas me tromper !

— Attendez tous les deux ! interrompit Kerstin. Vous étiez vraiment à *Lindisfarne* en 793, en pleine invasion barbare ? Vous rigolez ?

— Non Kerstin ! On y était ! Mais c'est une longue histoire…

— Non mais vous n'allez pas vous en tirer comme ça… Je m'en fiche qu'elle soit longue votre histoire, je veux tout savoir !

— Oui, oui promis Kerstin tu sauras tout, répondit Éric… Mais d'abord nous devons trouver ce Mer… Myrtruc à Vaneheim !

— Comment pouvez-vous être certain tous les deux qu'il n'est pas en train de nous enfumer ?

— Que veux-tu dire ?

— Eh bien qu'une fois sur ce monde il n'en profite pour rouvrir un autre vortex et sauter ailleurs ? Pour brouiller les pistes !

— Non il ne peut pas ! Enfin si son cristal fonctionne comme le nôtre, il ne peut l'utiliser qu'une fois par 24 heures. Il y a un temps de rechargement.

— Hum je vois, donc nous n'avons que 24 heures pour agir !

Le visage d'Éric changea et prit une expression plus absente, une idée venait de germer dans son cerveau.

— À quoi penses-tu ? reprit Anna.

— Lorsque nous étions à *Lindisfarne* que venait-il y faire ?

— Il me semble qu'il voulait récupérer le cristal de vie de Saint-Cuthbert pour le détruire. Il disait c'était pour empêcher une certaine Hel d'étendre son royaume.

— Oui et pour les gardiens ?

— Eh bien de ce que je m'en rappelle, Éric, il nous avait pris pour des gardiens… Et ça l'avait surpris car pour lui le cercle des Gardiens avait disparu…

— Oui Anna, jusque-là je me rappelle de la même chose que toi mais comment a-t-il agi avec nous ?

— Ouiiii, tu as raison ! Il nous avait obéi… Mais pas cette fois !

— Oui Anna, pas cette fois ! Et la question est : pourquoi ? Pourquoi aujourd'hui il ne nous obéit plus.

— Je ne sais pas…

— Peut-être que parce qu'entre 793 et maintenant, il s'est passé plein de choses que vous ne connaissez pas ! dit Kerstin en prenant un ton ironique.

— Oui c'est vrai. Tu as raison, Kerstin. Nous ne connaissons rien des événements, ni de ces mondes… ou de ces gardiens… Anna on va rentrer à l'hôtel et tu vas nous faire un topo sur ce qu'on risque de trouver à Vaneheim en te servant de l'artefact. On pourra mieux se préparer avant de l'affronter à nouveau.

— Oui, je nous fais ça dès qu'on rentre !

— Je crois que nous n'avons plus rien à faire ici de toute façon ! rajouta Kerstin. Dommage, j'aurais bien voulu que vous trouviez quelque chose au *Drachenfels*. La vue est tellement sympa de là-haut.

— Le *Drachenfels* ?

— Oui le château en ruine là-haut ! En plus de la vue, il y a un restaurant et ils font aussi *Biergarten* !

— *Biergarten* ? Un bar ?

— Non c'est de la restauration rapide. C'est une institution en Allemagne, Éric !

— Ah… et ils font de ces *Currywurst*… J'entends partout parler de *Currywurst* ici.

— AHAHAHAH ! Tu n'as jamais mangé de *Currywurst* ? Ni mis les pieds dans un *Biergarten* ? Il faut réparer ça tout de suite !

— Ah ?

— Les *Currywurst* sont pas mal là-haut ! Allons-y ! Après tout si nous mourons demain, au moins nous ne mourons pas de faim ! Et elle prit le chemin de droite en direction des ruines du Drachenfels, en les plantant là.

Éric accourut et se mis à l'interroger sur cette fameuse institution culinaire allemande.

— Décidément, Kerstin et Éric sont faits l'un pour l'autre, plaisanta Anna.

— Que veux-tu dire par là ? s'inquiéta Niels.

— Entre Kerstin qui fait de la bouffe une véritable institution et Éric qui pense toujours à bouffer… Mon pauvre Niels, je te conseille de ne jamais les prendre avec toi dans ton restaurant !

— Restaurant ? Quel restaurant ? Je suis médecin, moi ! Enfin presque, si j'arrive à finir ce cursus en Allemagne.

— Ah ? Alors toi et Kerstin, c'est vraiment sérieux…

— Oui…

Les deux jeunes gens continuèrent à la suite d'Éric et Kerstin sur le même chemin gravillonné. En repassant devant la *Nibelungenhalle*, Niels ne put s'empêcher de jeter un dernier coup d'œil vers les colonnes. Les nains avaient tous repris leur place et continuaient à forger l'épée. Cette fois, il n'avait plus l'impression d'être observé. La magie avait disparu mais les nains étaient toujours aussi moches.

Chapitre 11

Le vortex avait matérialisé nos quatre amis dans une sorte de clairière au milieu d'une forêt qui ressemblait plus à la forêt amazonienne qu'à celles de Rhénanie.

— Tout le monde va bien ? demanda Anna.

— Oui, oui, nous sommes tous là ! répondirent-ils tous ensemble.

— C'est étrange, regardez ! Nous avons atterri sur une terrasse !

— Oui, a priori ce doit être une sorte de portail de transfert, regardez, il y a un drôle de panneau en pierre.

— Vu l'état, l'endroit ne doit pas être souvent utilisé, remarqua Niels.

Effectivement, le panneau de pierre qui s'élevait au milieu de la terrasse portait les marques du temps et les inscriptions qui y avaient été sculptées, étaient devenues illisibles. Quant à l'endroit, une végétation luxuriante régnait en maître, autour d'eux, tout n'était que plantes, fleurs et arbres… Un vrai paradis ! Chaque plante semblait unique, c'était à la fois fascinant et inquiétant.

— Cette végétation m'est complètement inconnue, dit Kerstin avec admiration, regardez-moi ces fleurs magnifiques et ses parfums ?

— Doucement, Kerstin, reprit Niels, nous ne savons pas si c'est du poison !

— Ne t'inquiète pas Niels, lui répondit Anna, d'après ce que j'ai lu sur Vaneheim, il n'y a pas de poison, ni aucun animal hostile !

— Des animaux hostiles ?

— Non Éric, il n'y a rien de dangereux, ici…

— Tu penses qu'il y a aussi des oiseaux ?

— Oui certainement, pourquoi me demandes-tu ça, Kerstin ?

— Eh bien écoutez ! Écoutez tous !

Les quatre aventuriers se turent. Ils tendirent l'oreille mais rien ne semblait attirer plus particulièrement leur attention.

— Moi je n'entends rien, mon cœur, tout est calme !

— Oui moi non plus, tout semble normal ! Pourquoi ? Qu'est-ce qui te paraît louche ?

— Vous n'entendez rien vous non plus !

— Non et alors Kerstin ?

— Il n'y a pas d'oiseaux ici !

— Quoi ?

— Il n'y a aucun cri d'animal ! Et pourtant nous sommes au beau milieu d'une forêt, on devrait entendre quelque chose non ?

Ils firent à nouveau silence mais rien ne contredit la remarque de Kerstin. Seul le bruit du vent dans les branches et le bruissement des feuilles perturbaient le silence ambiant.

— Curieux n'est-ce pas ?

— Oui… Pourtant la fiche indique bien l'existence d'une flore et d'une faune !

— Mais peut-être s'agit-il d'une faune et d'une flore radicalement différente de la nôtre fit Niels.

— Oui c'est possible. Mais remarquez que la forêt ici ressemble beaucoup aux nôtres… Alors je pense qu'on devrait trouver des animaux semblables ici.

— Moi, j'ai l'impression que ce monde est en friche, il suffit de regarder dans quel état est cette terrasse et ce chemin ! dit Éric.

— Ce chemin ? Quel chemin ?

— Et bien là, celui-ci !

Éric désigna une sorte de brèche dans la forêt qui aurait pu être effectivement les restes d'un ancien chemin. On pouvait y voir encore quelques pavés. Le souci était que cette brèche n'existait pas, il y encore quelques minutes, Anna en était persuadée mais elle préféra ne rien dire pour ne pas affoler ses compagnons.

— Bon, puisqu'il y a un chemin… Allons-y ! Ça doit bien mener quelque part ! lança-t-elle en se dirigeant vers lui.

Le petit groupe s'engouffra à la queue-leu-leu sur le sentier. Cette fois, ils étaient mieux préparés. Niels avait confectionné une pharmacie d'urgence et embarqué quelques petits instruments chirurgicaux au cas où il aurait dû réaliser une opération de fortune. Il avait glissé le tout dans un vieux sac-à-dos appartenant au père de Kerstin, un ancien sergent-major de l'armée. D'ailleurs, il avait aussi hérité de sa machette, souvenir d'une campagne en Amérique du Sud. Kerstin s'était occupée des provisions et avait choisi comme arme l'un des couteaux de l'arsenal de son père. Elle avait aussi troqué son tailleur contre des vêtements de randonnée, plus pratiques. Anna transportait dans son sac la réserve d'eau et ne voulait prendre aucune arme, même si elle regrettait de ne pas avoir sur elle son casque fétiche et son épée de grande guerrière de Roskilde mais Éric avait détruit l'arsenal, alors… Son canif lui suffisait. Éric quant à lui portait le sac de provision. Il n'aurait pas pu en être autrement!

Le chemin les emmena au sommet d'une colline, sur un grand plateau. De là, ils avaient une vue panoramique sur Vaneheim. Tout autour d'eux, des collines et des vallées s'étendaient à perte de vue, partout de la végétation, des forêts et de nombreux cours d'eau… Un paysage de toute beauté, un véritable jardin d'Éden. Le ciel était magnifique, le bleu était très pur et les quelques nuages présents, semblaient avoir été façonnés par un artiste. Quelques stries rouge-orange pointaient à l'horizon annonçant un coucher de soleil grandiose et déjà deux énormes lunes commençaient à apparaître.

— On dirait que cette planète est déserte! Je ne vois aucun village ou aucune ville!

— Je n'en suis pas certaine, Kerstin, regarde, là! On dirait les ruines d'un château!

— Justement, cela confirme ma première impression! Les habitants de ce monde l'ont déserté!

Un amas de pierres taillées, envahi par des plantes aux larges feuilles, gisait là. Sans doute les restes misérables de ce qui devait être autrefois un contrefort. Il subsistait encore quelques bouts de murs mais la végétation avait pris le dessus et recouvrait intégralement l'endroit. Enfin ils trouvèrent ce qui devait être un magnifique portail en pierre. Un début d'arcade était encore debout, mais la clé de voûte ayant disparu, la suite de celle-ci s'était effondrée. Seuls quelques éléments de ferrure jonchant le sol témoignaient ainsi de la réalité de ce portail.

— Je crois qu'il n'y a plus personne ici ! lança Éric.

— Moi je dirais qu'ils ont été chassés ou tués ?

— Hein ? Tués ? Pourquoi dis-tu ça Anna ?

— Regardez par terre… Ce sont des pointes de flèches et ici la lame d'une hache… et là encore ! Il y en a un peu partout. Les manches en bois ont disparu avec le temps mais le métal a résisté.

Effectivement à y regarder de plus près, tout indiquait qu'on s'était battu ici il y a fort longtemps. Il n'y avait là rien d'exceptionnel lorsqu'on se trouve aux environs d'un ancien château-fort ! Kerstin ramassa quelques pointes et inspecta toutes les lames qu'elle trouva.

— Incroyable, on dirait un mélange de francisques et de haches vikings ! Ce sont des armes de tout genre, de toute origine et de toute époque ! dit l'experte de Solingen.

— Si j'en crois les légendes vikings, c'était la terre des Vanes.

— Des Vanes ?

— Oui d'anciens Dieux nordiques… Ils vivaient sur Vaneheim en harmonie avec la nature et le *Seiðr*.

— Le *Seiðr*?

— Une magie ancienne, en lien avec la nature et les forces positives. Celle que Freyja m'a transmise… même si je n'en connais que trois mots comme le dit Éric.

— Et ces traces de bataille? Tu peux m'en dire plus, Anna?

— En fait, Kerstin, je pense qu'il s'agit des anciennes guerres entre dieux… mais peut-être c'est autre chose. Je n'en sais rien en fait.

Le ciel devenait de plus en plus rouge et Éric se prit à admirer le paysage extraordinaire qui se dessinait devant lui au fur et à mesure que le soleil s'enfonçait dans les collines. Puis subitement, il redevint plus pragmatique :

— On va camper ici! Il faut tout préparer avant que le soleil se couche, j'ai l'impression que le temps passe plus vite ici.

— OK, je me charge de trouver du bois pour le feu!

— Non Niels! En tout cas pas tout seul. Nous ne connaissons pas l'endroit, aussi je pense qu'il ne faut pas s'éloigner les uns des autres. Si tu vas chercher du bois, il faut que quelqu'un t'accompagne.

— Je viens avec lui! lança Kerstin… Sinon il serait bien capable de se perdre tout seul.

— C'est plutôt juste comme remarque, fit Éric, avec une pointe d'ironie. Niels n'est pas vraiment réputé pour son sens de l'orientation.

— Je te remercie pour ton soutien, cousin ! Dis plutôt que c'est un prétexte pour rester avec Anna !

Anna ne disait rien. C'était bien la première fois qu'elle voyait Éric se comporter en adulte responsable et elle ne savait pas vraiment si elle devait s'en réjouir ou s'en inquiéter.

Lorsque Niels et Kerstin revinrent avec le bois, il faisait déjà noir et pourtant ils ne s'étaient absentés qu'une petite demi-heure. Le temps passait effectivement très vite sur cette planète. Une fois le feu allumé, le repas avait été expédié. Quelques raviolis en boite vite réchauffés et des briques de jus d'orange avaient fait l'affaire. La fatigue se faisant sentir, ils s'étaient rapidement glissés dans leur sac de couchage. Ils n'avaient pourtant pas sommeil mais quelque chose les poussait à s'endormir.

Le réveil, quatre heures plus tard fut douloureux. Leur trop courte nuit avait été perturbée par des chuchotements autours d'eux et le sol froid et rude avait mis à l'épreuve leurs pauvres dos. Éric n'osait pas bouger. L'oiseau qui se tenait devant lui le fixait d'une drôle de manière et cela le troublait.

Du reste, la bête était assez étrange. Elle était de bonne taille et parée d'un plumage d'un blanc immaculé qui tranchait avec les plumes noires de ses cuisses imposantes. Un long cou, ressemblant à ceux des échassiers, était surmonté d'une tête de rapace... Mais le plus curieux était sa queue ! C'était celle d'un serpent ! Et ça, ça faisait flipper Éric ! L'oiseau ne le quittait pas des yeux.

— Euh ? Les amis ? Au secours… Il y a une drôle de bestiole, là !

— Extraordinaire ! C'est un Caladrius ! s'enthousiasma Kerstin.

— Un quoi ?

— Un Caladrius !

— Ça existe ça ? J'en ai jamais vu !

— Oh ce n'est pas étonnant, Éric, ils n'existent pas !

— Et alors pourquoi il est devant moi s'il n'existe pas ? D'ailleurs ça mange quoi ? Parce que là, j'ai plutôt l'impression qu'il est en train d'évaluer son petit déjeuner !

— Je ne pourrais pas te dire, Éric, le Caladrius est un mythe du Moyen Âge !

— Un mythe ?

— Oui c'est un animal fabuleux comme les dragons et les griffons !

— Les dragons et les griffons ? Ça veut dire que si ton Caladrius existe ici, on risque se retrouver nez à nez avec un dragon ?

— Eh bien…

Un craquement de branche effraya le Caladrius qui s'envola sous les yeux médusés de Kerstin et d'Éric qui ne pensaient pas qu'un tel oiseau puisse voler. Devant eux la végétation qui courrait au sol s'était mise en mouvement. Les tiges rampaient et tournaient sur elles-mêmes, les feuilles se modifièrent petit à petit et l'ensemble forma rapidement une colonne végétale à peine plus haute qu'un homme. La végétation se transforma encore et la colonne prit alors forme humaine. Les quatre aventuriers n'osaient plus bouger ni même parler.

La créature végétale portait sur une longue chevelure blanche, un casque très simple en argent qui brillait intensément au point de presque les aveugler. Un petit bouclier fait du même métal était accroché à une ceinture végétale qui serrait une longue robe blanche fendue, laissant entrevoir ses cuisses nues. Elle ouvrit les paupières et deux points verts et lumineux les observèrent à tour de rôle.

Niels ne voulant pas se laisser prendre au dépourvu, sauta sur sa machette. À peine eut-il entamé son geste que la créature fit un mouvement de main en sa direction et immédiatement les plantes autour de lui l'enlacèrent au point de ne plus pouvoir bouger ni respirer.

— Arrêtez! cria Anna. Nos intentions sont pacifiques!

La créature fixa subitement Anna puis d'un autre mouvement de main fit disparaître toutes les plantes qui emprisonnaient le pauvre Niels. Celui-ci donna le change et reposa immédiatement la machette. La créature se mit alors à parler d'une voix caverneuse.

— Les intentions peuvent être pacifiques, seuls les actes comptes!

Puis l'être s'avança vers Éric.

— Toi, l'humain, soulève ton vêtement que je vois ce qui te ronge en-dessous.

Éric s'exécuta et souleva son T-shirt. À la surprise générale, sa blessure si affreuse avait disparu.

— Que s'est-il passé? dit Éric qui n'en revenait pas!

—Il t'a visité ! Sois en heureux… Il est difficile d'habitude et ne soigne pas n'importe qui, encore moins les étrangers ! répondit l'être végétal.

—C'est le caladrius n'est-ce pas, Madame ? ou Monsieur ? demanda Kerstin.

L'être ne répondit pas mais d'un geste les invita à le suivre. Les quatre jeunes gens s'empressèrent de lui emboîter le pas. Ils arrivèrent alors devant le portail en ruine et à ce moment la créature marmonnât quelque chose d'incompréhensible. Dès qu'ils eurent passé le porche, ils eurent l'impression d'être transportés ailleurs. Il n'y avait plus aucune ruine, ils étaient à présent à l'intérieur d'un véritable château, au milieu d'une salle gigantesque et lumineuse. De chaque côté se tenaient des gardes en armure, immobiles. Il y avait aussi des hommes et des femmes et même des enfants. Plus loin près des fenêtres couvertes de vitraux très colorés, des animaux fantastiques se tenaient sagement sur des stèles de pierre, comme s'ils gardaient quelque chose. Il y avait là des griffons, d'autres caladrius, des phénix et d'autres animaux encore que personne n'avait encore décrits ni certainement jamais rencontrés. Ils semblaient beaucoup amuser les enfants.

L'entité végétale continuait à marcher droit devant pour finalement s'asseoir sur un immense siège fait de lianes et de fleurs. Quand elle se retourna pour s'asseoir, les quatre amis purent admirer une splendide jeune femme aux cheveux blancs et à l'allure sportive. Les lueurs de son regard avaient cédé la place à des yeux magnifiquement verts et apaisants.

— Je suis *Ida de Vaneheim*. Vous êtes ici chez moi, au château de *Sessrumne*. Dit-elle d'une voix totalement normale et même très agréable.

Un cri d'approbation se fit entendre dans toute la salle.

— Qui êtes-vous étrangers ? Et que venez-vous faire sur mes terres ?

Anna fit un pas en avant pour lui répondre mais sans qu'elle puisse comprendre pourquoi, ses membres ne voulurent plus bouger et ses yeux étaient devenus subitement lumineux. Ida la regarda quelques instants puis poursuivit.

— Un disciple de Freyja ? Ici ? Comment est-ce possible ?

Elle claqua des doigts puis Anna retrouva instantanément la liberté de ses mouvements.

— Je m'appelle Anna et je viens de Terre, euh je veux dire de *Miðgarðr*. Nous sommes arrivés ici grâce à ceci. Anna tira de son petit sac à dos l'artefact qu'elle présenta à son interrogatrice.

Un murmure gronda dans la salle, et Anna se demanda si elle avait bien fait de montrer le bâton. Ida fit taire les rumeurs d'un geste et pris un visage plus chagriné.

— Seuls les gardiens du cercle peuvent posséder le pouvoir d'Hermod, pourtant vous ne ressemblez pas à des gardiens !

Éric s'avança et pris la parole.

— Je suis Éric et moi aussi je viens de Terre, euh Midgard… Nous sommes à la poursuite d'un certain Myr… Myr-truc… désolé nous n'avons pas retenu son nom mais lui aussi nous a traité de gardien ! Qu'est-ce que c'est ?

— Vous parlez de Myrddin ?

— Oui Myrddin de Alfheim c'est ça !

— Myrddin est ici ?

— Euh oui nous le poursuivons…

Le visage d'Ida prit alors une expression plus sérieuse. La rumeur derrière eux reprit en s'amplifiant. Visiblement la présence du dénommé Myrddin ne semblait plaire à personne. D'un geste de la main, Ida fit à nouveau taire le bruit. Derrière eux tous les gardes et les animaux s'étaient volatilisés. Ils se retrouvaient à présent, seuls, face à Ida. Celle-ci ouvrit ses mains et matérialisa un petit nuage de brume au milieu duquel des images prenaient vie… Myrddin y apparut et Ida commença son récit.

— Myrddin était un gardien du cercle. Certainement le meilleur d'entre eux. Après des années de lutte, il fut capturé et enfermé dans les caves du château de Hel. Certains disent qu'il est mort, d'autres qu'il a sombré dans la folie… D'autres encore l'auraient vu disparaître dans la forêt d'*Yfirsjóne* mais personne ne l'a jamais revu.

— Vous parlez du cercle ! Qu'est-ce que c'est ?

Ida se leva et se mit à marcher de long en large comme pour mieux réfléchir… Elle continua.

— Nous avons toujours su que nos mondes étaient voués à disparaitre, du moins dans leur forme originelle… Aussi nous avons créé le cercle des gardiens pour garantir leur équilibre et surtout pour empêcher quiconque d'en prendre le pouvoir…

Niels ne comprenait rien de ce que disait Ida, aussi il interrogea discrètement Anna.

— De quoi parle-t-elle ?

— Je pense qu'elle fait allusion au Ragnarök, lorsque les Dieux et les Géants se sont affrontés et se sont entre-tués. Le cercle aurait alors été créé pour leur subsister et continuer à protéger les mondes…

— Les protéger ? Mais de quoi ?

— Je ne sais pas ! écoute Ida…

— Lorsque le crépuscule des Dieux fut consumé, seuls les fils d'Odin et de Thor survécurent. Ainsi Baldr, Hodr, Vidarr, Magni et Valli devinrent les six premiers protecteurs. Ils reçurent alors chacun un cristal et un monde à protéger.

Cependant, Hel qui régnait déjà sur les morts d'entre les mondes, ne le vit pas de cette manière. Elle voulut régner, seule, sur les neuf mondes. Elle a donc éliminé les protecteurs ou leurs disciples, un à un, au fil du temps et s'est accaparée leurs cristaux.

— Euh excusez-moi Ida mais qu'ont-ils de spécial ces cristaux ?

— Comment vous ne le savez donc pas ?

— Eh bien non…

— Pourtant vous en possédez un !

— Vous voulez parler de celui que nous avons dans l'artefact ?

— Bien sûr !

— Mais nous ne savons rien de lui… C'est lui qui nous a trouvé !

— Évidemment, il faut être choisi par le cristal pour devenir un gardien.

— Vous voulez-dire que nous sommes des gardiens nous aussi ?

— Oui… Mais ce qui est très curieux avec vous, c'est qu'il a choisi deux gardiens, ce n'est jamais arrivé autrefois.

— Deux gardiens ? Vous voulez dire moi et Anna ?

— Qui voulez-vous d'autre que cela soit ?

— Oui, oui… je vous en prie continuez.

— Vous me demandiez pour le cristal ?

— Oui qu'est-ce que c'est ?

— Comme vous avez pu vous en rendre compte, celui-ci renferme un grand pouvoir qu'il faut utiliser avec sagesse !

— Je crois entendre parler ton oncle, souffla Anna à l'oreille d'Éric.

— Chaque gardien reçoit un cristal qui renferme les forces du monde qu'il doit protéger mais seulement quelques-uns reçoivent, en plus, le pouvoir d'Hermod.

— Vous voulez dire le pouvoir de voyager entre les mondes et…

— … et le temps ! C'est cela ! Ceci comporte de grands risques pour l'équilibre des mondes et du temps… Il faut donc prouver sa sagesse avant de posséder le pouvoir d'Hermod.

— Attendez, vous avez dit tout à l'heure qu'il y avait un gardien par monde, et vous me dites qu'il y a six gardiens et neuf mondes, ce n'est pas logique!

— Le pouvoir d'un monde provient de sa nature, des éléments qui la composent. Et il n'existe que six éléments : l'air, l'eau, le feu, la terre, la lumière et l'obscurité. Helheim, Niflheim et Svartalfaheim formaient le monde des ténèbres qui revint à Vali.

— Qui reçut le cristal de l'obscurité, je suppose?

— Tout à fait! Il possédait le cristal noir.

— Et pour les autres?

— Vidarr fut en charge de Jötunheim, le monde des géants et de la glace. Il reçut du cristal blanc le pouvoir de l'eau. Le cristal rouge contient quant à lui, le pouvoir du feu. Il fut détenu par Magni pour régner sur Muspellheim. Baldr, lui, régna sur le monde de la terre avec le cristal vert, tandis que qu'Asgard et Midgard devait être protégés par Modi avec le cristal bleu, le pouvoir de l'air… Votre cristal!

— Et Myrddin dans tout ça?

— Myrddin… Oui! Myrddin était le disciple de Hodr qui reçut le pouvoir de la lumière et le cristal jaune pour protéger Alfheim. Le cristal jaune est certainement le plus puissant des cristaux.

— Et Hel les possède tous, je suppose?

— Non pas tous ! Il manque le vôtre et celui de Myrddin. Elle ne s'arrêtera pas tant qu'elle ne les aura pas trouvés.

— Et si elle les trouve ? Que se passera-t-il ?

— Lorsqu'elle les réunira, elle possédera alors tous les éléments qui composent nos mondes. Elle régnera sur l'univers tout entier et détruira les mondes d'autrefois pour bâtir un monde à son image…

Kerstin demanda à Anna de l'éclairer un peu, car elle n'était pas très au fait des histoires scandinaves. Aussi Anna murmura un brin d'explication.

— Hel est la déesse des morts et vit sur Helheim, je suppose qu'elle doit aussi régner sur le monde sombre de Niflhel et d'autres mondes à présent qu'elle détient un certain nombre de cristaux. Dans la mythologie scandinave, Helheim nous est décrit comme un monde mort, sombre, nébuleux… Ça laisse entrevoir comment elle bâtira son nouveau monde, n'est-ce pas ?

— Eh bien ce n'est pas réjouissant tout ça !

Ida s'arrêta de marcher, les regarda à nouveau et reprit son interrogatoire du début.

— Pourquoi êtes-vous ici ?

— Nous vous l'avons dit ! répondit Anna, nous avons poursuivi Myrddin jusqu'ici.

— Certes mais pourquoi ?

— Nous voulons lui reprendre l'épée !

— L'épée ? Mais de qu'elle épée parlez-vous ?

— Gram ! lança Éric.

— Comment ? Il possède Gram ?

— Oui, il nous l'a prise…

Ida semblait nerveuse…

— Myrddin avait la garde de Gram… Elle devait être détruite pour ne pas tomber entre de mauvaises mains ! Si Gram existe toujours, alors Myrddin a échoué ou a rejoint Hel et nous sommes tous en danger. Êtes-vous certains qu'il est ici ?

— Oui le bâton d'Hermod nous l'a montré.

— Dans ce cas, il nous faut absolument le retrouver et détruire Gram une fois pour toute !

Ida claqua à nouveau des mains et une troupe d'une cinquantaine de guerriers végétaux se matérialisa aussitôt.

— Nous allons vous accompagner… Myrddin n'est plus fiable.

— C'est si grave que ça ? demanda Anna.

— Gram a été forgée sur Muspellheim, le monde du feu, elle possède le plus dévastateur de tous les pouvoirs ! Imaginez un tel pouvoir dans les mains d'un dément !

— Destruction et désolation à coup sûr !

— Ida fit un geste de la main et tout le monde se retrouva à l'extérieur du château…

— Pouvez-vous nous montrer où se trouve exactement Myrddin ?

Anna sortit son bâton Hermod et fit apparaître le tableau de bord lumineux. Elle manipula quelques éléments puis afficha une carte où un point lumineux représentait le dernier emplacement connu de Myrddin.

— C'est ici !

— La forêt d'*Yfirsjóne*, bien sûr !

— La forêt d'*Yfirsjóne*?

— Enfin ce qu'il en reste… C'est le seul endroit où nous ne pouvons aller sans nous faire repérer par les armées de Hel.

— Pourquoi ça?

— À cause du brouillard! C'est comme ça que Hel procède… Suivez-moi!

Les derniers mots d'Ida sur le brouillard les avaient déconcertés. Comment un brouillard pouvait-il permettre à Hel de les observer? Plus précisément, si Hel pouvait savoir ce qu'il se passe ici grâce au brouillard, il est fort probable qu'elle les observe autrement!

Ida commença à marcher en direction de la forêt alentour suivie par sa troupe en arme. Au fur et à mesure qu'elle avançait, les plantes s'écartaient et un chemin se dévoilait devant elle.

— C'est incroyable! La nature vous obéit!

— C'est le *Seiðr* ma chère, nous sommes tous en harmonie et reliés les uns aux autres…

— Et cette forêt d'*Yfirsjóne*, c'est loin d'ici?

— Non à peine quelques heures de marche, tout au plus…

Anna continuait à marcher au côté d'Ida pensant pouvoir discuter avec elle et en connaître plus sur ces mondes et le cercle des gardiens. Mais tout ce qu'elle obtint d'elle, ce fut quelques réponses lapidaires comme si Ida ne voulait pas en dire plus. Après tout quoi de plus normal, ils étaient pour elle des étrangers.

Après avoir traversé une première forêt et plusieurs ruisseaux, puis une autre forêt cette fois de conifères, ils arrivèrent dans une zone plus rocailleuse où la végétation avait disparu. À quelques mètres devant eux se tenait une passe étroite où seulement trois chevaux auraient pu passer de front. Ida s'arrêta…

— Nous ne pouvons vous accompagner plus loin…

— Pourquoi ça ? demanda Anna.

— Nous sommes trop près du brouillard… Hel pourrait nous voir et intervenir !

— Comment ça intervenir ?

— La dernière fois elle nous a envoyé une armée… et depuis nous préférons vivre cachés, grâce au *Seidr*.

— Mais il n'y a pas de brouillard ici !

C'était peine perdue, déjà les soldats qui les accompagnaient s'étaient volatilisés.

— *Yfirsjóne* se trouve de l'autre côté de la passe.

— Mais, Ida…

Anna n'eut pas le temps de terminer sa phrase qu'Ida se vaporisa, elle aussi. Ils étaient à présent seuls, au milieu de nulle part.

— Mais enfin, ce n'est pas croyable, ils ne peuvent pas nous planter là ! se scandalisa Éric.

— Je crois bien que si, reprit Niels… J'ai bien peur que le brouillard ne les ait fait fuir !

— Quel brouillard ?

— Là… celui-là ! Niels désigna quelques nappes de brume qui s'échappaient de la passe.

— Ça ? Mais c'est ridicule !

— Ridicule ou pas, c'est le seul brouillard que je vois ici !

— Je ne pense pas que cela soit le brouillard dont elle nous a parlé ! De toute façon il faut franchir la passe, Ida a dit que la forêt d'*Yfirsjóne* se trouvait de l'autre côté.

— Et après ?

— Nous verrons bien…

Anna avança en direction de la passe suivie de ses compères. Au fur et à mesure qu'ils s'enfonçaient dans le défilé, les rochers se faisaient de plus en plus haut et surtout, la brume s'épaississait davantage et se faisait de plus en plus envahissante, au point qu'ils ne parvinrent bientôt plus à se voir. C'était un lieu idéal pour une embuscade !

— Éric, tu es derrière moi ?

— Je ne sais pas, où es-tu ? Je ne te vois plus ?

— Ici ! Et vous autres, vous êtes là ?

— Oui, oui, ça va pour nous ! répondirent Niels et Kerstin, nous nous tenons par la main…

L'idée de se tenir par la main parut bonne et Éric tendit sa main vers Anna mais il ne sentit rien, sinon l'air humide. Pourtant il était certain qu'elle devait se tenir à un mètre de lui tout au plus.

— Anna tu es là ?

— Mais oui, tu devrais me voir, je suis juste derrière toi, je vois ta silhouette !

— Ce n'est pas possible, Anna, c'est moi qui étais derrière toi, à moins que tu aies fait demi-tour !

— Mais non je continue à avancer… Mais alors devant, c'est qui?

La silhouette se retourna et Anna eut à peine le temps d'apercevoir deux yeux jaunes et lumineux qu'elle perdit immédiatement connaissance.

— Anna! Anna que se passe-t-il? Tu es tombée? Je t'ai entendu tomber! Réponds…

La seule réponse qu'il obtint fut donnée par une bourrasque de vent qui dissipa tout le brouillard. Ils étaient arrivés au bout du défilé à l'orée d'une forêt, sans aucun doute la forêt d'*Yfirsjóne* comme l'avait dit Ida.

Anna gisait sur le sol, inerte… Myrddin était là lui aussi et se penchait sur le corps de la jeune femme.

— Qu'est-ce que vous lui avez fait ? hurla Éric en se précipitant sur elle…

Myrddin fit un petit geste de la main et une force brutale arrêta brusquement Éric dans son élan. Il se retrouva lui aussi au sol, un peu groggy.

— Tu tiens à ce disciple de Freyja, jeune humain ? demanda Myrddin qui s'était redressé et lui faisait face.

— Bien sûr que j'y tiens! C'est mon amie!

Anna reprenait connaissance et commença à bouger ce qui rassura Éric. Myrddin ne bronchait pas et tenait dans une main l'épée de Gram et de l'autre son bâton surmonté du cristal jaune qui brillait de mille feux.

— Est-ce cela que tu cherches, humain ? fit Myrddin en brandissant Gram.

— Oui…

— Et que veux-tu en faire ?

— Je veux la rapporter au musée !

— Dans un musée ? Crois-tu qu'il soit judicieux de l'offrir aux yeux de tous maintenant que tu sais ce qu'elle représente ?

— Oui, euh, enfin non. Je veux dire qu'elle ne doit pas rester avec vous !

— Ah ? Et pourquoi donc ? J'en suis le détenteur légitime !

— Peut-être… Mais Ida nous a dit que vous avez rejoint Hel ou que… que…

— Ou que quoi ? s'impatienta Myrddin.

— Que vous étiez… instable !

— Instable ? Allons, jeune humain, aie le courage de tes mots !

— Que vous étiez un dément !

— Un dément ? Elle a dit ça ?

Myrddin frappa violemment le sol avec son bâton et une marée d'images de guerre, de mondes en feu, de mort et de torture, de dévastation et de désolation, se déversa sur Éric. Mais il n'y avait pas que des images dans tout cela. Éric ressentait aussi ce qui allait avec, la douleur, l'horreur, la peur, la souffrance, la mort… au point qu'il en eût la nausée. Niels et Kerstin qui étaient restés un peu en arrière avaient aussi eu droit à cette avalanche d'horreur.

— Vois-tu ma vie ! Ne penses-tu pas que ce genre de vie peut rendre fou ?

— Je… Je … Quelle horreur, quelle souffrance… je ne peux pas imaginer comment vous avez pu souffrir.

— Non personne ne le peut !

Myrddin frappa à nouveau le sol avec le bâton et tous se retrouvèrent en un instant prisonnier de racines sorties de terre brusquement. Il s'approcha d'Éric prêt à le transpercer de son épée.

— Cette épée ne peut pas t'appartenir, ni à toi ni personne ! Puis il leva son arme…

— Arrête Myrddin !

C'était Ida qui était réapparue.

— Tu ne peux pas faire ça comme ça ! Ce n'est pas dans la tradition !

— Tu as raison, Ida ! Il doit prouver sa valeur…

— Puis il libéra Éric de ses racines et planta Gram à ses pieds.

— Prends-la ! Jeune humain ! Tu la veux ? Alors bats-toi ! Voyons si tu es digne du cercle !

Éric retira l'épée du sol et se mit en garde sans que Myrddin n'y prêta véritablement attention, d'ailleurs il lui tournait le dos.

— Eh bien Myrddin que fais-tu ? Tu voulais que je me batte !

Myrddin se retourna et brandit son bâton dans le ciel en criant quelques mots incompréhensibles… Puis un dragon apparut crachant fumée et flammes.

— Mais ? Mais c'est bien équitable ça ? Il a le droit d'utiliser la magie ?

— Dans la tradition, les gardiens peuvent utiliser tout ce dont ils ont besoin, lui répondit Ida, la magie en fait partie !

— Mais je ne connais pas la magie… C'est Anna qui est disciple de Freyja, pas moi !

Le dragon s'avançait menaçant et Éric ressentait le souffle chaud de sa respiration sur son visage. Le monstre était prêt à cracher une bourrasque de feu mais Éric ne voulut pas lui laisser davantage de temps. Il bondit sur la tête du monstre et d'un coup violent l'assomma avec la paume de l'épée. L'animal s'écroula d'un bloc.

Myrddin se précipita alors et lui asséna un coup qui le fit valdinguer à quelques pas. À peine eut-il le temps de se relever que Myrddin lui transperça le ventre de la pointe de son bâton, le cristal en feu.

Un cri épouvantable déchira le ciel. Ce n'était pas celui d'Éric mais celui d'Anna qui se débattait tant qu'elle pouvait avec les racines pour lui venir en aide. Ida d'un mouvement de main la libéra et la laissa s'approcher. Éric était encore conscient mais il se sentait partir, il n'en avait pas pour longtemps, il le savait. Anna était en pleurs et lui tenait la main. Kerstin et Niels avaient été eux aussi libérés mais ne savaient pas quoi faire. Anna n'arrêtait pas de crier.

— Pourquoi, pourquoi... Pourquoi ?

Puis la petite flamme bleue qui luisait encore au fond des yeux d'Éric s'éteignit. Une multitude de racines et de plantes sortirent du sol et l'enveloppèrent tout du long. Ida attrapa Anna et la fit reculer pour ne pas gêner le travail des plantes. Myrddin s'adressa à Ida.

— Je déteste les intronisations ! C'est cruel et d'un autre temps, il faudrait changer ça !

— Myrddin, tu le sais pourtant, il ne peut en être autrement pour le cercle !

— De quoi parlez-vous tous les deux ? demanda Anna en sanglotant. Vous êtes de mèche ? Tout ça c'était pour nous tuer ?

Myrddin prit le visage humide d'Anna entre les mains et plongea ses yeux dans les siens. Elle n'y vit alors que douceur et bonté et sa tristesse s'envola comme par enchantement. Ida reprit la parole.

— Chère fille de Freyja ! Tu ne connais rien des traditions du cercle, mais sache que pour devenir gardien, il faut éprouver la mort pour ne plus la craindre.

— Mais il est mort là, Éric !

— En es-tu si sûr ? lui répondit Myrddin.

Les plantes autour d'Éric retournaient dans la terre et le libéraient de ses entraves. Éric se redressa un peu éberlué.

— Je ne comprends pas ? Je ne suis pas mort finalement ?

— Non jeune humain ! Il fallait finir ton intronisation dans le cercle sans cela tu n'aurais pas pu devenir un véritable gardien.

— Une intronisation ? C'était donc qu'une séance d'initiation ? Un rite de passage ?

— Euh oui en quelques sorte… Mais c'est un rite que peu d'humains ont eu la chance de connaître !

— Encore heureux ! Mais l'épée ?

— L'épée ne te revient pas, tu ne peux l'avoir, jeune humain…

— Éric !

— Éric ?

— Oui arrêtez de m'appeler jeune humain ! J'ai l'impression de parler à Yoda ! Mon nom est Éric !

— Yoda ? Qui est ce Yoda ?

— C'est un maître Jedi dans *StarWars* !

— Un maître Jedi ? s'étonna Myrddin. Est-ce un guerrier lui aussi ?

— Laissez-tomber ! C'est un film, appelez-moi seulement Éric.

— Bien… alors jeune Éric, l'épée ne peut te revenir car j'en suis le dépositaire.

— Alors détruisons-là et Hel ne l'aura pas !

— Ce n'est pas si simple ! Si nous détruisons Gram, nous libérons le pouvoir qu'elle renferme… Mais sans pouvoir le contrôler.

— Vous voulez dire qu'en détruisant Gram on détruirait aussi un monde ?

— Ou plusieurs, jeune Éric, c'est pour cela que je l'avais cachée !

— Mais comment a-t-elle pu se retrouver dans la légende de Siegfried ? demanda Kerstin qui buvait les paroles de Myrddin.

— Eh bien, cet impatient de Siegfried était tellement pressé d'en découdre avec le dragon et voulait tellement réussir son œuvre qu'il ne m'a pas été trop difficile de le convaincre d'essayer les épées sur l'enclume de ce maudit nain.

— Et bien sûr elles se sont brisées !

— C'était le but !

— Mais pourquoi ?

— Afin qu'il lui donne les morceaux de l'épée d'Odin que détenait sa mère, pardi ! Seul ce maudit nain pouvait forger une épée de Dieu.

— Mais pourquoi ces trois épées ?

— Ah ? Ça ce n'était pas prévu… Ce fourbe de nain s'est mis en tête de tuer Siegfried et de garder pour lui le trésor et pour cela il a reforgé les épées brisées en y introduisant le métal des Dieux pour être certain de vaincre Siegfried.

— D'où les trois sœurs maudites…

— Oui ! Lorsque je me suis aperçu de sa forfaiture il était trop tard pour les récupérer, je leur ai donc jeté un sort.

— Les inscriptions sur les lames ! J'avais raison, jubila Kerstin… Et pour corser le tout, vous avez aussi maudit le porteur de l'épée !

— Oui ! Mais ce n'est pas ma meilleure idée… N'importe quel innocent aurait pu mourir ! Heureusement que c'est arrivé au jeune Éric.

— Pourquoi cela ?

— Eh bien n'importe qui d'autre aurait été terrassé en quelques heures… seul un gardien aurait pu survivre !

— Oui euh enfin ça s'est joué à un cheveu ! rétorqua Éric.

— Enfin malgré tout, cela a permis de cacher l'épée quelques siècles !

— Et maintenant ?

— Maintenant, il va nous falloir trouver autre chose…

— Nous ?

— Oui tu appartiens au cercle maintenant comme moi et Ida !

— Ida ? Ida est un gardien ? Mais où est votre cristal ?

— Hel ne peut voir dans ce qui est mort ! Ou ce qui se trouve à l'intérieur des morts, lui répondit Ida.

Elle posa la main sur sa poitrine et une lumière verte illumina son cœur.

— Mon cœur est mort avec cette planète lors de la dernière attaque des armées de Hel. Elle me croit morte et cela doit le rester, mais comme tu peux voir le cristal a remplacé mon cœur et me maintient en vie.

Myrddin s'était approché du dragon qui était toujours inconscient et de la pointe de son bâton frappa délicatement le museau du monstre qui se réveilla.

— Je te remercie pour ton aide, Ingvar !

— C'est un plaisir de servir ma reine ! répondit le dragon qui disparut dans les cieux en un claquement d'aile.

— Mais, mais il parle !

— Oui bien sûr jeune Éric, tous les dragons parlent ! D'ailleurs pourquoi ne l'as-tu pas tué lorsque tu en as eu l'occasion ?

— Et bien lorsque j'ai vu au palais tout à l'heure tous ces animaux fantastiques qui paraissaient si paisibles et si en harmonie… Qui jouaient avec les enfants… Je n'ai pas eu le cœur à le tuer.

— Le cristal a bien choisi, jeune Éric ! Mais rassure-toi, ici, dans ce monde, il n'aurait jamais pu mourir !

— Et maintenant que faisons-nous ?

— Eh bien nous avons à parler mais pas ici, nous ne sommes pas à l'abri des yeux et des oreilles de Hel !

Myrddin avait agité son bâton et une humble demeure apparut au bord de la forêt à quelque pas.

— Je vous prie de me suivre… À l'intérieur nous serons à l'abri !

Il se dirigea vers la petite maison et ouvrit la porte. Mais au lieu de se retrouver dans une pièce aux tailles réduites, ce qui apparaissait sous leurs yeux était immense.

— Comment est-ce possible ?

— C'est le pouvoir du *Seidr*, jeune Éric. Grâce à cette magie nous pouvons dissimuler tout ce que nous voulons ou créer des hallucinations ou encore créer n'importe quoi !

— Incroyable, s'enthousiasma Anna…

— Rassure toi jeune disciple, toi aussi tu sauras bientôt faire ces choses ! En attendant discutons autour d'un bon verre d'hydromel… Je le fais moi-même, vous m'en direz des nouvelles !

— De l'hydromel ? Vous le faites vraiment vous-même ?

— Oui c'est la même recette que j'utilise depuis 1700 ans !

— 1700 ans…

Le petit groupe entra dans la demeure de Myrddin qui, prudence oblige, prit bien soins de s'assurer qu'il n'y avait personne dehors avant de refermer la porte. Dès le verrou tiré, la petite maison se volatilisa.

Chapitre 12

Vue de l'intérieur, la maison de Myrddin était énorme et il y régnait un bazar indescriptible. Dans l'unique pièce, plusieurs tables étaient disposées de part et d'autre sur lesquelles s'assemblait un bric-à-brac de tubes en verre, de béchers, d'alambics et autres fioles de chimiste. Les murs étaient couverts d'étagères en bois où, entre la poussière, les objets insolites et les potions, reposaient de gigantesques grimoires dont le grand âge ne faisait aucun doute.

— C'est pourquoi faire toutes ces choses, Myrddin ? demanda Éric.

— De l'alchimie !

— Ah ? Vous savez faire des filtres d'amour alors ?

— Ne m'en parle pas, cela n'apporte que des ennuis ! crois-moi, jeune Éric ! Il vaut mieux que tu n'aies jamais à t'en servir !

— Bon… Alors vous savez transformer les personnes en grenouilles et les grenouilles en princes ?

— Évidemment… Mais je préfère les transformer en pierre !

— Sérieusement ?

— Je plaisante, jeune Éric, ce genre de statue de pierre ne fait pas très bien dans ma décoration, je préfère les vraies sculptures…

Niels était fasciné par tout ce capharnaüm. Certains flacons portaient des étiquettes où il était écrit en latin, en grec ou dans d'autres langues encore dont il ne soupçonnait même pas l'existence. Mais malgré tout ce bazar apparent, il percevait une certaine forme d'organisation.

— Dites Myrddin, sur quoi travaillez-vous en ce moment?

— Oh depuis quelques siècles j'essaie de percer un mythe!

— Ah bon? Et de quel mythe s'agit-il, si je peux me permettre?

— Vous le pouvez! J'essaie de créer un *lapis philosophorum*…

— La pierre philosophale? Vraiment?

— Oui… c'est une sorte de distraction!

— Mais c'est possible?

— En théorie oui, en pratique non!

— Je vous demande pardon?

— En théorie oui mais en pratique non!

— Oui, oui ça j'avais compris mais que voulez-vous dire par là?

— Que connais-tu de cette pierre philosophale, jeune humain?

— Euh, moi c'est Niels… Eh bien, qu'elle n'existe pas et qu'on lui prête des propriétés de transformation des métaux divers en or. Que beaucoup d'alchimistes ont essayé de la créer mais que personne n'y est jamais arrivé jusqu'ici !

— Donc tu ne connais pas grand-chose !

— Éclairez-moi !

— On attribue à la pierre philosophale, qu'on appelait autrefois « pierre illustre », le pouvoir de changer les matériaux, certes, mais aussi de guérir les maladies et même de donner la vie éternelle… Cela ne te rappelle pas quelque chose ?

— Ça me fait penser au Graal et… ça ressemble aussi aux cristaux, non ?

— C'est exactement comme les cristaux mais avec plus ou moins de puissance ou de pouvoir. Le Graal en est une expression.

— Donc les cristaux seraient en fait des pierres philosophales…

— Oui jeune humain, mais à un détail près… Elles sont d'essence divine !

— Moi c'est Niels…

— Niels ?

— Niels ! Vous avez un problème avec les noms, vous !

— Moi ? Qu'est-ce qui te fait croire cela ?

— Euh rien absolument rien… Mais vous possédez un cristal, pourquoi vouloir fabriquer une pierre philosophale ?

— Niels ?

— Oui Niels !

— Imagine, jeune Niels, ce qui se passerait si un alchimiste pouvait fabriquer une pierre philosophale!

— Je pense qu'il y aurait un risque qu'il ne devienne un despote tout puissant… Généralement la puissance rend les gens encore plus avides de puissance, de pouvoir et de richesses…

— Oui c'est une hypothèse que je consens à accepter, mais vois plus grand!

— Bon… Ça pourrait remplacer un cristal?

— Voilà! Bravo jeune Niels, tu comprends l'enjeu maintenant!

— Attendez, si je vous suis, vous voulez créer une pierre philosophale uniquement pour valider votre théorie qu'il serait possible de créer de nouveaux cristaux?

— Oui en un sens…

— En un sens?

— Si je parviens à créer un nouveau cristal… L'équilibre des mondes sera bouleversé car il ne peut y avoir que six cristaux. Mais si un cristal est brisé, je pourrais peut-être le remplacer.

— Oulala! C'est jouer avec le feu ça!

— Oui… Mais surtout, en connaissant les ingrédients cela me permettrait de savoir si d'autres humains seraient susceptibles de le faire…

— Et de mieux anticiper pour éviter que cela ne se produise!

— Je vois que tu as tout compris, jeune Niels! Tu ferais un excellent disciple.

— Mais le *Seidr* dans tout ça? demanda Anna.

— Ah le *Seidr*! Eh bien, tu peux évidemment tout faire avec le *Seidr*, mais il faut en détenir le pouvoir et être initié. La pierre philosophale est en dehors du *Seidr*.

— Vous voulez dire qu'elle possède le pouvoir sans utiliser la magie, ce qui la rendrait dans ce cas, plus dangereuse !

— Tout à fait… Aucune personne ne peut détenir un tel pouvoir sans avoir été initié, et en être digne !

— Et depuis quand travaillez-vous là-dessus ?

— Oh il y a très longtemps ! Je crois que c'est à l'époque où je me faisais appeler Outanès. Oui, c'est cela, c'est l'ambition meurtrière de Xerxès et son intérêt pour la magie et les astres qui m'ont fait comprendre qu'un jour ou l'autre quelqu'un trouverait le moyen de fabriquer une pierre philosophale… Et qu'il valait mieux que je sois le premier à trouver.

— Outanès, Myrddin… Vous avez eu d'autres noms ?

— Oui bien sûr, lorsque cela était nécessaire, je fus connu sous le nom d'Ambrosius, ou d'Emrys ou de M… Mais cela n'a pas d'importance pour vous je suis Myrddin !

— Oui, oui naturellement…

Myrddin utilisa alors son bâton à nouveau en le frappant sur le sol et une pièce supplémentaire apparut. Tout aussi immense que la première, celle-ci était néanmoins beaucoup plus agréable et surtout mieux rangée. Un festin grandiose avait été dressé au milieu d'une énorme table sans fin. Éric écarquillait les yeux tant il n'arrivait pas à imaginer une telle abondance de mets tout aussi délicats et succulents les uns que les autres. Le plus spectaculaire était cette fontaine devant eux d'où jaillissaient des litres d'hydromel. Anna n'en revenait pas.

— Si cette nourriture ne vous plaît pas, mes jeunes amis, je peux vous faire venir des choses de votre monde.

— Des choses de notre monde ?

— Oui par exemple ce liquide noir pétillant tellement sucré dont vos enfants raffolent ou ces petits pains immondes contenant cette viande médiocre trempée dans une sauce innommable mais qui, sans que j'en comprenne le pourquoi, ont tellement de succès.

— Non, non c'est très bien comme ça ! répondit Éric qui avait déjà jeté son dévolu sur un gâteau à la crème d'une hauteur démentielle.

La petite troupe s'attabla et Kerstin ne fût pas en reste pour goûter un peu de chaque plat qui provenait sans aucun doute d'époques et de lieux différents. Ida raconta alors la dernière venue de Hel sur Vaneheim. Comment un de ses sujets avait trahi et divulgué l'emplacement du cristal dans les caves du château. S'en était suivi une arrivée massive des armées de Hel dans la nuit qui réduisirent à néant le château et toutes les créatures qu'elles trouvèrent. Quelques animaux fantastiques avaient réussi à s'échapper mais malheureusement d'autres n'eurent pas cette chance. Les habitants de Vaneheim n'eurent alors pas d'autre choix que de fusionner avec la végétation pour se cacher. C'est lors de la dernière attaque qu'Ida fût tuée mais grâce au

Seidr, elle put juste à temps cacher le cristal en elle et survivre… Éric ne l'avait pas remarqué jusqu'à présent mais quelque chose s'agitait entre les plats.

— Euh Myrddin, il y a quelque chose qui bouge là !

— Ne t'inquiète pas, jeune Éric, c'est Eliott, il me tient compagnie parfois.

— Eliott ?

— Oui le fils d'Ingvar… S'il te plaît Eliott, arrête de faire peur à nos hôtes veux-tu ? Et descends de la table !

À ces mots, apparut au sol un dinosaure miniature, tout blanc, qui les regardait avec de grands yeux très expressifs qui firent fondre Anna.

— Oh qu'il est mignon ! Mais il n'a pas d'ailes, il est malade ?

— Non, ses ailes vont pousser et seront complètement opérationnelles à l'âge de la puberté. D'ailleurs petits ils ne peuvent pas cracher de feu. C'est pour cela qu'ils possèdent le don d'invisibilité, vois-tu ! Ils sont trop vulnérables.

— Et quand est-ce qu'il possédera des ailes alors ?

— Sur Vaneheim, d'ici une centaine d'année mais sur Midgard peut-être une dizaine d'année.

— Sur Midgard ? Vous voulez dire que sur Terre il y avait vraiment des dragons autrefois.

— Bien sûr, les dragons sont nos amis et nos alliés. Nous les protégeons et ils font de même pour nous… Il est arrivé parfois qu'ils nous accompagnent sur d'autres mondes. Certains ont même choisi d'y rester paisiblement.

Le petit dragon s'amusait comme un fou avec une pomme que lui avait jeté Éric. Il la jetait en l'air, la faisait rebondir sur son museau ou sa queue offrant ainsi un petit divertissement aux convives. Éric rompit cet agréable moment ludique.

— Que faisons-nous pour Gram? demanda-t-il.

— C'est une excellente question, jeune Éric!

— Vous pourriez la cacher sur Vaneheim?

— Ce serait trop dangereux pour l'épée et pour Vaneheim!

— Comment ça?

— En utilisant le pouvoir d'Hermod nous avons laissé des traces! Il sera très facile pour Hel de nous retrouver si nous restons trop longtemps ici…

— Mais alors nous pourrions créer un guet-apens et vaincre Hel une bonne fois pour toute…

— Oui comme nous avons fait pour le grand Maître! s'enthousiasma Anna.

— C'est impossible, répondit Myrddin, j'ai déjà essayé…

— Mais nous sommes plus nombreux maintenant!

— Jeune Éric, tu es encore qu'un apprenti, sans vouloir te vexer, quant à ta compagne fille de Freyja, elle a encore tant à apprendre! Nous ne serions pas prêts à l'accueillir, crois-moi.

— Et si nous détruisons les cristaux?

— Ce n'est pas possible non plus, chaque cristal est associé à son gardien.

— Vous voulez dire que si mon cristal est détruit, je meurs avec lui ?

— En quelque sorte oui, jeune Éric ! Mais le pire c'est que cela provoquera le chaos sur nos mondes, exactement ce que souhaite Hel.

— Mais Hel règne bien sur les morts pas les vivants ?

— Oui ! Mais pour régner sur les vivants elle doit posséder tous les cristaux… si elle ne le peut pas…

— Elle tue tout le monde ! Du coup, il n'y aura que des morts sur lesquels elle régnera sans avoir besoin de posséder les cristaux.

— Tout à fait, d'autant qu'elle en possède déjà trois.

— Donc quoi que nous fassions, cela revient toujours au même.

— Pas exactement, il y aurait peut-être une solution.

— Que voulez-vous dire, Myrddin ?

— Eh bien Hel règne sur les morts pour l'éternité. Pour elle le temps n'existe pas puisqu'il est immuable !

— Donc puisqu'il n'existe pas pour elle, elle n'a aucune prise dessus !

— Exactement, fille de Freyja !

— Moi c'est Anna !

— Ah ! Bien… Décidément vos coutumes me sont difficiles !

— Ce n'est pas grave Myrddin !

— Dites, vous pourriez nous traduire un peu à moi et Kerstin, parce que là on se sent un peu largués.

— Niels, ce que suggère Myrddin c'est de cacher l'épée dans le temps !

— Dans le temps? Le futur? Le passé? Quand dans le temps?

— Le futur ne nous est pas accessible, jeune Niels, seul le passé nous est autorisé.

— Bien alors quand dans le passé?

— Dans votre Moyen Âge par exemple.

— Pourquoi le Moyen Âge? Pourquoi pas l'ère préhistorique ou lorsque les hommes n'étaient pas encore présents? demanda Kerstin.

— Votre monde à l'époque préhistorique ou avant comme tu le suggères, jeune damoiselle, subissait trop de changements géologiques. Il serait risqué que l'épée ne s'en trouve engloutie par un volcan ou pire ne soit détruite par une météorite…

— Et pourquoi le Moyen Âge, alors?

— Votre Moyen Âge est intéressant, les gens y sont très crédules et il y a eu beaucoup de légendes ou de mythes. Donc une épée telle que Gram pourrait y passer inaperçue en se jouant de la réalité et des légendes.

— Mais vous l'avez déjà fait pour Siegfried!

— Justement, Hel ne pensera jamais que nous ayons fait deux fois la même chose. En outre, jeune amie de Niels, ce n'est pas tout à fait la même période et puis nous pourrions changer d'endroit.

— Mais vous avez une idée d'un endroit en particulier?

— Oui j'y suis déjà allé quelque fois… Je pense que cela peut fonctionner!

— Quand y allons-nous ? s'empressa de demander Kerstin.

— Mon enfant, répondit Ida, je lis dans tes yeux ton envie de t'y rendre… Mais cela ne te sera pas possible.

— Mais pourquoi cela ?

— Myrddin va certainement utiliser un de nos anciens sites pour pouvoir revenir plus rapidement.

— Que voulez-vous dire Ida ?

— Le pouvoir d'Hermod nous oblige à rester une journée dans le monde où il nous envoie sauf si nous passons par un des sites anciens.

— Des sites anciens ?

— Oui, autrefois, avant le bâton d'Hermod, nous utilisions des endroits particuliers qui fonctionnaient comme des portes entre nos mondes. Certains sont encore fonctionnels… et ne laissent pas de traces.

— Eh bien c'est parfait !

— Non tu ne comprends pas mon enfant, seuls les initiés peuvent voyager ainsi, les autres seraient pulvérisés par l'énergie que ces portes dégagent.

— Donc le voyage est réservé à Anna, Éric et Myrddin si je comprends bien, fit Kerstin complètement déçue de ne pouvoir visiter le passé.

— Oui j'en suis désolée mon enfant.

Myrddin frappa deux fois le sol de son bâton. Cette fois un vortex apparut immédiatement au milieu de la pièce.

— Anna, sers-toi du bâton d'Hermod et arrange-toi pour nous emmener à cette date : 486 après votre Jésus-Christ.

Anna s'exécuta et fit apparaître une mappemonde en attendant de programmer sur son tableau de contrôle lumineux l'endroit exact du lieu d'atterrissage. Mais contre toute attente, Myrddin fit un mouvement de la main et tous les trois se retrouvèrent au milieu d'un endroit complètement désertique.

— Où sommes-nous Myrddin ? Qu'avez-vous fait ?

— Ne t'inquiète pas fille de Freyja, j'ai seulement protégé notre destination en ne te la révélant pas.

— Mais nous sommes en plein champ !

— Pas exactement, regarde mieux !

Effectivement tout autour d'eux se tenaient d'immenses pierres qui formaient un cercle.

— Mais on dirait un cromlech !

— Tout à fait exact, jeune Éric ! Attention dans quelques instants nous allons encore disparaitre, il s'agit d'un saut intermédiaire !

— Intermédiaire ? Comment ça ?

Éric n'eut pas le temps de réfléchir davantage que déjà ils étaient tous propulsés ailleurs par un nouveau vortex. Cette fois-ci, ils atterrirent sur un chemin en lisière de forêt.

— Ouf ça décoiffe votre truc ! s'étonna Anna.

— Ça décoiffe ?

— Oui ça bouscule !

— Ça bouscule ? Euh oui ! C'est l'effet du vortex intermédiaire. Ça bouge toujours beaucoup ! L'énergie des anciens étaient un peu… Euh… mal canalisée. Mais nous sommes en vie, c'est étonnant.

— Étonnant ? En vie ? Vous voulez dire qu'on aurait pu mourir ?

— Il ne faut pas exagérer. C'est arrivé tellement peu souvent !

— Quoi ?

Anna voulut interrompre cette discussion qui allait tourner court. Ils avaient d'autres choses à faire que de se quereller pour quelque chose qui ne s'était pas passé.

— Où sommes-nous ?

— Sur l'île de Bretagne, jeune fille.

— ATTENTION ! J'entends un bruit de chevaux, cria Éric !

Ils traversèrent immédiatement le chemin et se tapirent derrière un petit talus à l'intérieur de la forêt, en observant tout ce qui allait se passer devant eux…

— Mais pourquoi nous cachons nous, peut-être les cavaliers sont pacifiques, murmura Anna.

— Jeune fille, si tu nous as bien envoyés en 486 alors nous sommes en pleine guerre entre les Saxons et les Bretons. Je doute que des cavaliers soient pacifiques.

Déjà le bruit s'était fait plus proche. Il devait certainement s'agir que d'un unique cavalier. Le cheval avait ralenti et il allait maintenant au pas… À l'entendre, il était très près. Finalement l'encolure de l'animal apparut entre les branches. Un cavalier ou plutôt un chevalier en armure se tenait immobile. Le heaume était incliné comme s'il avait du mal à tenir l'équilibre sur sa monture et la côte d'arme qu'il portait était couverte de sang ce qui permettait à peine de distinguer son blason : un dragon rouge. Il était blessé, c'était évident. D'ailleurs, une flèche était encore plantée dans la croupe de l'animal qui s'arrêta devant eux.

— Je dois lui venir en aide, souffla Éric.

— Garde-toi de le faire, jeune Éric, tu…

Il était déjà trop tard, Éric était déjà à la hauteur du cavalier prêt à lui apposer la main sur ses blessures. Myrddin le figea immédiatement dans son élan.

— Diantre que les apprentis sont sans cervelle ! jura-t-il en s'approchant suivi d'Anna.

— Pourquoi l'avez-vous empêché, Myrddin, vous savez bien qu'Éric peut le sauver !

— Justement, il ne le faut pas !

— Mais pourquoi ça ?

— Réfléchis, toi aussi, cet homme est voué à survivre ou bien mourir et nous n'avons pas à intervenir. Imagine si son destin est de mourir et que nous le sauvons ?

— On change notre futur !

— Exactement !

Myrddin donna un coup de bâton sur Éric qui se retrouva le cul par terre, mais libéré de la magie.

— Venez mon seigneur, je vais vous aider à descendre de votre monture ! dit Myrddin au cavalier qui se laissa faire de bon aloi.

— Mmm… Argl… Mmm… Mer… Merl…

— Ne parlez pas mon ami, vous êtes gravement blessé.

— Merl…AAhh… Vous êtes là… fuyez, mon ami, ils ne sont pas loin… Argl !

Le chevalier était vraiment mal en point et il n'en n'aurait certainement pas pour très longtemps pour passer de vie à trépas. Éric se sentait très mal, tellement frustré de ne pouvoir le sauver.

— Que dit-il Myrddin, il vous a appelé Merl ? Vous le connaissez ?

— Non fille de Freyja, la fièvre et la douleur doivent le faire délirer !

— Mais regardez son épée !

— Qu'a-t-elle son épée ?

— Elle est identique à la nôtre ! C'est incroyable !

— Vraiment jeune fille ?

— Oui regardez le pommeau, il y a le même cristal que Gram ! C'est un gardien lui aussi ?

— Non jeune fille, cette épée n'a aucun pouvoir mais il semble évident qu'il s'agit d'une épée de roi.

— Vous voulez-dire que ce type est un vrai roi ?

— À l'évidence, en témoignent ses vêtements et la qualité de cette épée… Mais au risque de te décevoir, il n'est plus, jeune Éric !

Le chevalier avait émis son dernier souffle en tenant la main de Myrddin comme celle de son dernier ami. Le dernier gardien du cercle eut une réaction qui émut Anna. Les yeux de celui-ci s'étaient embrumés et il retenait manifestement ces larmes.

— Vous le connaissiez, n'est-ce pas ?

— Non, non… La mort d'un homme n'est jamais sans émotion.

— Que faisons-nous pour l'épée, Myrddin ?

— Je… Je ne sais pas…

— On pourrait les échanger !

— Non, enfin... oui ! Ôte lui l'épée de son fourreau mais hâte-toi, jeune Éric, j'entends des cavaliers saxons !

— Des cavaliers saxons ? Je n'entends rien…

— Si, si, ils arrivent ! Je peux les sentir !

— Les sentir ? Des Saxons ?

Perplexe, Éric s'empressa de retirer l'épée du roi tandis que Myrddin et Anna tirèrent le corps à l'intérieur de la forêt.

— Et maintenant ? demanda Éric.

— Chut !! Jeune impatient !

Myrddin d'un claquement de doigt fit s'enfuir le cheval du roi mais déjà un groupe de cavaliers apparut au loin. Arrivés à leur niveau, les cavaliers ralentirent. Éric pouvait les entendre très distinctement parler et comprit ce qu'ils disaient. Ils étaient bel et bien saxons et recherchaient bien un roi pour le capturer ou l'achever… Les cavaliers inspectaient lentement les abords du bois en suivant le chemin, tranchant de leur épées quelques branches pour mieux voir.

— Myrddin ! Il faut faire quelque chose ! S'ils trouvent l'épée, enfin s'ils nous trouvent nous allons avoir des ennuis.

— Tu as raison, d'autant que nous avons que quinze minutes !

— Comment ça quinze minutes?

— Oui en utilisant le site des anciens, nous ne pouvons rester très longtemps, le vortex va réapparaître… Ainsi, notre passage ici restera invisible pour Hel!

— Quoi à peine un quart d'heure pour planquer cette épée? dit Éric en brandissant l'épée du roi.

— Non jeune Éric, quelques minutes pour cacher Gram! répondit Myrddin en montrant la sienne.

Il regarda autour de lui. Quelques buissons, un amas de rochers, des arbres et encore des arbres, rien qui aurait pu offrir une cachette convenable. Anna commença à paniquer.

— Qu'allons-nous faire?

— On peut la cacher dans les rochers, Myrddin, c'est une bonne cachette?

Myrddin fit mine de réfléchir puis ajouta.

— Non, jeune Éric, en soulevant la pierre tout le monde pourra la trouver… Et ces hommes ne vont pas tarder à fouiller l'endroit lorsqu'ils auront retrouvé le cheval. Je te rappelle que l'épée doit être bien cachée, pour des siècles peut-être. Mais tu viens de me donner une idée.

— Ah?

— Je te confie Gram, laisse l'autre ici, et faufile-toi jusqu'à ce tas de rochers que tu vois là-bas.

— Oui et ensuite?

— Enfonce-là le plus profondément possible dans le plus gros des rochers.

— Mais c'est impossible, elle va se briser!

— Aie confiance en moi, jeune Éric, aie confiance dans le *Seidr* !

Éric se faufila donc jusqu'au plus gros des rochers puis il prit l'épée à deux mains, ferma les yeux et de toute ses forces poussa l'épée dans le rocher qui à sa grande surprise s'enfonça très facilement.

Lorsqu'il ouvrit les yeux, il vit que le cristal du pommeau scintillait et que ses deux compagnons l'avait rejoint en ayant acheminé tant bien que mal le corps du roi à proximité.

— Bon sang, j'aurais jamais pu penser pourvoir faire ça ! Mais pourquoi avoir rapproché le corps du roi ?

— Pour faire une mise en scène !

— Une mise en scène ?

— Oui Éric, enfin, si on trouve le roi là-bas et l'épée ici, personne ne croira que c'est l'épée du roi !

Myrddin, très respectueusement, agençait le corps du chevalier sur le rocher de sorte que l'on puisse croire que celui-ci avait lui-même enfoncé son épée et rendu l'âme sitôt après. Le cristal sur le bâton de Myrddin avait commencé à devenir lumineux ce qui interrogea Anna.

— Myrddin, pourquoi votre cristal devient lumineux ?

— Oh ! Cela veut dire qu'il faut faire vite, le vortex va apparaître dans quelques minutes.

— Faire vite pour quoi faire ?

— « Caledfwlch AALLATTI… » ! se contenta de répondre Myrddin.

Une inscription latine apparut alors sur la lame de Gram…

— Qu'avez-vous fait ?

— Je l'ai baptisée ! Toute épée de roi se doit d'être baptisée !

Éric essaya tant bien que mal de lire l'inscription…

— « Ex calce liberatus », libérée du caillou ! Sérieusement Myrddin ?

— Bien quoi ? C'est tout ce qui m'est passé par la tête…

Déjà le vortex s'était matérialisé… Myrddin s'engouffra dedans suivit immédiatement d'Anna. Éric resta quelques instants devant cette curieuse stèle.

— N'importe quoi ce Myrddin, «libérée du caillou» ! Et pourquoi pas «Bienvenue chez les schtroumpfs» tant qu'on y est ! Franchement là c'est nul ! Puis il s'approcha à son tour du vortex, juste lorsque les cavaliers saxons entreprirent de fouiller l'endroit.

À peine s'apprêtait-il à sauter lui aussi, qu'il aperçut à côté de l'épée, Eliott qui jouait avec les cailloux. Il était trop tard… Éric disparut à son tour.

De retour chez Myrddin, il s'empressa de lui signaler qu'Eliott était resté là-bas. Cependant Myrddin eut une réponse édifiante : «Toute les légendes possèdent leur vérité et les vérités se révèlent avec le temps. Certaines choses s'effacent, d'autres demeurent !». Sur le coup, il ne comprit pas tout de suite la signification de cette phrase et puis un nom débile pour une épée si prestigieuse… Malgré tout, Éric était sûr que Myrddin leur avait menti. Il connaissait ce chevalier au dragon rouge ! C'était certain ! Mais pourquoi mentir ?

Myrddin avait arrangé les choses, il s'était même servi de l'épée du roi pour créer deux nouvelles répliques… mais avec leur apparence d'aujourd'hui ! Kerstin pourrait donc remettre au musée son épée et Anna restituerait l'épée de Witham au *British Museum*. Il ne restait plus qu'à Éric et Anna à trouver une histoire qui tienne la route pour le professeur Christiansen sinon ils auraient à essuyer les foudres de l'archéologue.

Mais ça, ce n'était pas gagné !

DANS LA MÊME COLLECTION

Tome 1. - Le secret de la dernière rune

Tome 2. - La confrérie de l'ombre

Tome 3. - Les épées maudites

CONTES FANTASTIQUES

Petits contes diaboliques
*Roman fantastique et philosophique
ne faisant pas peur!*

Der ungewöhnliche Reisende - Erzählungen
*« Le voyageur insolite », contes fantastiques en
langue allemande*

OUVRAGES TECHNIQUES

EPUB 3.0 Concevez et réalisez des eBooks
enrichis, Éditions Pearson

EPUB 3.2 Concevez des eBooks modernes et
accessibles, Éditions BOD

Mémento Epub 3.2 (à paraître)

Loi n°49-956 du 16 juillet 1949 sur les publications destinées à la jeunesse, modifiée par la loi n°2011-525 du 17 mai 2011.

Retrouvez-nous sur :

Le site : http://serie9mondes.wixsite.com/site
Facebook : https://www.facebook.com/9mondes/

Couverture :
Landry Miñana

ISBN : 978-2-3223-9965-9

Édition :
BoD – Books on Demand,
12/14 rond-point des Champs-Élysées,
75008 Paris

Impression :
BoD - Books on Demand,
Norderstedt, Allemagne

Dépôt légal : octobre 2021

© 2021 Landry Miñana